CAUTIVAS

Paz Fanlo

TUGIA
EDITORES

www.edicionesrubeo.com

www.mcharrell.com

ISBN:978-84-124454-4-2
1ª edición: octubre, 2021

«Cuando es uno inferior a sus semejantes [...]
se es esclavo por naturaleza».

Aristóteles. *Política, libro primero, capítulo II.*

PRÓLOGO

Paz Fanlo hace su aparición en el mundo de la novela, la novela histórica. «Cautivas» es una entretenida y amena obra que nos acerca al mundo de la esclavitud en los siglos XVI y XVII en España. Hubo que esperar hasta el 29 de marzo de 1836, día en el que una Real Orden abolía la esclavitud en nuestra patria.

Esta novela es una ingeniosa contribución al conocimiento de los hechos pasados, en concreto de la rebelión de Las Alpujarras y de sus consecuencias. Hombres que murieron en la lucha; hombres y mujeres que habían nacido en Granada y se vieron impelidos a abandonar las tierras que habitaban desde hacía setecientos años y mujeres y niños que fueron vendidos como esclavos.

La autora quiere revivir el pasado porque el desconocimiento de lo que se vivió es una circunstancia desfavorable para resolver los problemas que hoy nos acechan. En nuestros días muchas personas juzgan el pasado sin conocerlo, sin haber leído nada sobre él. Nos enorgullecemos de los hechos o los condenamos sin conocerlos y los juzgamos con los ojos y la moralidad de nuestros tiempos.

No es un texto histórico, aunque bien documentado, pero es una novela que nos puede despertar el deseo de saber más. Espero que nuestras estanterías se nutran de más novelas como ésta.

Fernando María Ramírez Ortiz
Licenciado en Filosofía y doctor en Medicina (Psiquiatría).

Allso gand die moryschen frawen in Irem haus/
Jn granada/

LIBRO I

EL CAMINO

ORÍGENES

—María, si tienes la posibilidad de ser libre en la vida, debes serlo, no renuncies —me decía mi abuela—. No tengas miedo.

Parecía fácil decirlo, pero, cuando se presenta esta oportunidad, ¡qué difícil es tomar una decisión importante que va a marcar el resto de nuestra vida!

Cuando yo era pequeña no sabía lo que me quería decir. ¿Cómo iba a ser libre si no tenía dinero ni posibilidad de ganarlo? ¿Si nunca he sido dueña de la comida que he tomado? ¿Si no poseo ni la ropa que visto? Todo se lo debo a la buena o mala voluntad de los amos. Nada es mío, casi ni mi propia vida.

Mi abuela no tenía herencia material que dejarme, pero me dejó toda la sabiduría que había adquirido en su vida: los malos momentos, que fueron muchos, y las pocas alegrías. Me explicaba que la vida podía ser muy diferente a la que llevábamos nosotras, que su existencia de joven en Granada y en las Alpujarras en nada se parecía a lo que había sufrido después de caer en cautividad.

Muchos ratos pasé con ella y tantas veces me refirió su paso por este mundo, que lo recuerdo como si fuese el mío. También me regaló sus sonrisas, abrazos y besos; su olor a miel de romero, a pestiños y, en verano, a frutas maduras. Los padres de mi abuela Ana fueron cristianos nuevos de moros. Nos llamaban moriscos. Ellos habían sido artesanos y tuvieron un puesto de buñuelos, roscos fritos, dulces de calabaza, boniatos en almíbar y otras exquisitas y dulces golosinas. Se ganaban la vida en la plaza de Bib Rambla de la ciudad de Granada, cerca del zoco de la Alcaicería, un lugar en el que vendedores y compradores daban vida a esta zona comercial de la ciudad. Los cristianos viejos apreciaban la repostería morisca por su abundancia en almendras, miel y canela. El puesto tenía una gran clientela. Trabajaban en Granada y vivían en la parroquia de San Nicolás, pero habían nacido en una aldea de las Alpujarras, en las laderas de Sierra Nevada que miran hacia el sur.

Ella se ganaba la vida en el puesto ayudando a sus padres, despachaba y charlaba con los clientes, pero un día le confió a su madre:

—Veo que la gente sigue viniendo a comprar nuestros dulces, pero hablan menos y parece que nos menosprecian.

—Ya me he dado cuenta —respondió su madre—. No te preocupes mucho, pasa de vez en cuando. Las autoridades le dicen a la gente que somos traidores, que estamos ayudando a los berberiscos que atacan las costas de Málaga y Granada.

—Madre, pero eso no está bien. Nosotros somos trabajadores que no hacemos daño a nadie.

—Nosotros sí, igual que otras familias, pero hay de todo en esta vida. Los comerciantes hablamos castellano, pero muchos no quieren aprenderlo y platican en «algarabía», entonces despertamos miedo y desconfianza al no entendernos. Nos acusan de ser un grupo cerrado que no abandona sus antiguas costumbres musulmanas ni queremos adquirir las nuevas. Pero tú tranquila, que esto pasa de vez en cuando y luego se calma.

—¡Ojalá tengas razón, madre!

En realidad, la vida se fue haciendo un castigo. Los malos gobiernos, la irresponsabilidad de los hombres y las guerras hicieron que, allá por el año de 1569, mi abuela Ana y su hija Ysabel fuesen capturadas por los soldados de la Corona que perseguían a los moriscos en las Alpujarras. Después las vendieron en el mercado de Guadix. Mi abuela contaba veinte años y mi madre dos. No deberían haber sido vendidas como esclavas pues eran cristianas.

Yo nací veinte años después, allá por el 1589. Las tres

hemos sido esclavas; los que nacemos de madre esclava, ya se sabe, somos esclavos. Un objeto cualquiera sin derecho alguno, como una mula, como un baúl, un bien más, algo que se compra, se vende o se hereda.

Hoy las gentes siguen pensando igual, con alguna excepción, pero gobernantes e Iglesia están conformes con nuestra situación. Estas gentes siguen jugando con la suerte de los demás, de los que tienen menos poder. No sé si me equivoco, pero hay circunstancias cruciales que, según escojan otros por ti, te apartan de un camino para seguir por otro y una vida que podía haber sido agradable se puede convertir en un infierno.

En 1564, mi abuela Ana cumplió los quince años; sus padres le dijeron que tenía que ir pensando en casarse. Ellos ya la habían prometido en matrimonio con otro morisco del mismo pueblo de las Alpujarras de donde eran oriundos. Al año siguiente, cuando cumplió los dieciséis, se casó y se fue a vivir con el marido a la casa de los suegros como marca la costumbre. Tuvo que abandonar la vida con sus padres y la elaboración de los dulces además de una vida más interesante en la populosa plaza de Bib Rambla. Aquella plaza era el mentidero de la ciudad.

—¿Y pudiste alejarte de tus padres y estar sin trabajar, sin hacer los ricos dulces que cocinas? —le preguntaba.

—Echaba mucho de menos a mis padres y a mis hermanos chicos, pero cocinaba, cocinaba y trabajaba mucho. ¡Claro que trabajaba! Las mujeres atendíamos las labores de la casa y el resto del tiempo lo empleábamos en los telares, que funcionaban sin descanso, en la confección de los tejidos de seda. Las Alpujarras, desde la época nazarí, se habían cubierto de plantaciones de moreras y más de seiscientos pueblos se dedicaban a la cría de capullos de seda. Los capullos eran llevados por mulos a los pueblos que contaban con telares. Fabricábamos damascos, terciopelos y tisúes con hilos de oro y plata que competían y superaban a los de Egipto, Damasco y Siria. La mayoría de los hombres trabajaban en las feraces huertas con la técnica del regadío por acequias o norias, que llevaban las frescas aguas que bajaban por los regatos de la sierra. Además, todas las familias teníamos algunas cabras u ovejas.

Mientras hablaba miraba hacia lo alto y se le nublaba la vista.

—Aquello era la gloria en donde disfrutar de la naturaleza. ¡Si lo hubieses visto! Las aldeas se extendían por las laderas de las Alpujarras, casas escalonadas con terrados y azoteas, apoyadas unas en las otras. Las calles estrechas y empinadas acogían las casas blancas en las pendientes. El color blanco de las fachadas contrastaba con las flores de las muchas macetas que teníamos en las ventanas y en las puertas de la calle. Setos naturales formados por arrayanes, que en unas épocas ofrecen sus flores blancas y en otras sus bayas negras azuladas, separaban los huertos y los sembradíos abancalados. Todos mirando hacia el Mediterráneo y, aunque estaban muy altos y caía la nieve en invierno, se disfrutaba mucho del sol. En verano la temperatura era buena porque la altura hacía que no sufriésemos mucho calor. Al fondo los bosques de castaños, nogales y olivos. Numerosas fuentes brindaban sus limpias aguas, frescas y transparentes.

Volvía a la realidad y se me quedaba mirando para continuar:

—Si bien me hubiera gustado bajar de vez en cuando a Granada para ver a mis padres, los caminos eran estrechas curvas desparramadas entre las montañas y ellos no tuvieron ocasión de conocer a tu madre. Nació en el pueblo y poco después empezó la rebelión y los ataques de los soldados.

Yo me sabía de memoria toda la historia por la de

veces que me la había contado, pero me gustaba oírla y la animaba:

—¿Por qué sucedió?

—Hacía muchos años que Boabdil, el nazarí, firmó unas capitulaciones con los reyes Ysabel y Fernando, y les entregó las llaves de la ciudad de Granada y todos los pueblos hasta la costa. En esos papeles se perdonaba a todos los musulmanes que se habían resistido, se respetaba su religión, las propiedades, la lengua, y practicar el comercio. Los que quisieran podían vender sus casas y tierras y marcharse a África o a otros lugares de Castilla. Dicen que los reyes fueron muy generosos, pero, claro, los vencidos no podían verlo así.

—¿Qué pasó entonces para que hubiese una guerra y fueseis capturadas por los soldados de la Corona? —le rogaba para que continuase.

—Al principio, parecía que todo iba a ir bien —seguía detallándome—. El primer arzobispo que se nombró para Granada fue fray Hernando de Talavera, al que los musulmanes llamaban «el alfaquí[1] mayor de los cristianos». Era una buena persona y había sido confesor de la reina Ysabel. Estudió árabe para comunicarse con los musulmanes y prefería enseñar la fe con amor, ya que era partidario de mostrar tolerancia hacia sus costumbres. Su máxima era que, si se llega al bautismo, tenía que ser por libre decisión. Muchos vinieron a convertirse por su propia voluntad, como mi familia. Talavera murió en 1507 y la política cambió radicalmente, dejando sin defensor a los moriscos.

—¡Pobre! ¿Y después? —me interesaba.

—Pues que nombraron al cardenal Cisneros, que obligaba a conversiones forzosas y encarceló a algunos mu-

---

[1]Para los musulmanes, doctor o sabio de la ley.

sulmanes. Esta presión provocó que se sintiera que no se estaban cumpliendo lo que ordenaban las capitulaciones.

Granada había pasado a ser cristiana y a los musulmanes que permanecieron allí se los llamó «mudéjares». A los que adoptamos la doctrina cristiana, por convicción o miedo, nos llamaron «moriscos» o cristianos nuevos de moros. Por último, estaban los «cristianos viejos», todos los castellanos que repoblaron esas tierras granadinas.

Los moriscos no queríamos olvidar nuestras costumbres: la cultura, la lengua, las vestimentas y la música, vamos, nuestra vida normal. Eran las tradiciones de toda la vida que habíamos desarrollado por centenares de años.

—Pero, abuela, tú hablabas y hablas castellano.

—Claro, hija, ya te he dicho. Nosotros, como comerciantes en el puesto de dulces, teníamos que hablar con los clientes. Sin embargo, es verdad, que muchos no sabían. Así que se malogró la convivencia entre cristianos viejos y moriscos. En la Navidad de 1568 se levantó nuestro pueblo de la mano de personajes principales. Asesinaron a varios curas y asaltaron iglesias. Se hablaba mucho de un tal Diego López, un morisco conocido como Abén Aboo, y de Hernando de Válor, otro morisco al que llamábamos Abén Humeya. Murieron al año siguiente, pero, entre la intransigencia de los cristianos viejos y estos moriscos, nos llevaron a la guerra, a la muerte a muchos y a otros a ser esclavos.

Hizo aparición la siguiente primavera, lo vimos en los tiernos brotes que reventaban en los árboles y arbustos. En esa época, los soldados todavía no habían aparecido por nuestro pueblo, pero se oía que por donde pasaban hacían estragos: robaban las joyas, el ganado y las sedas. En las aldeas solo habíamos quedado las mujeres, los niños y los ancianos, y mataban a los que no podían serles útiles y nos hacían cautivas a las mujeres con sus hijos. Se rumoreaba que los soldados eran de tal calaña que ni obedecían a sus jefes, que solo les interesaba el botín. —A veces se callaba unos segundos y después de tantos años todavía sollozaba—. Mi suegro, mi marido, sus hermanos y cuñados se enrolaron en la lucha. Al poco tiempo avisaron de que los hombres habían muerto en una escaramuza y otros habían sido capturados y sometidos a la esclavitud.

Mi abuela no sabía nada de su marido, pero el deseo de que algún día apareciese la mantenía esperanzada. Otras veces, cuando sentía que igual no volvía y que ella no podía hacer nada por cambiar la situación, se hundía y abrazaba a mi madre llorando.

El resultado fue que perdimos la guerra; los otros eran soldados bien pertrechados y los moriscos peleábamos como se podía, con dagas, piedras y palos.

El rey y algunos nobles tenían miedo y pensaban que, como España estaba amenazada por los turcos y los corsarios de la otra parte del Mediterráneo, si los turcos atacaban la costa de Granada y de Málaga, los moriscos íbamos a luchar junto a los enemigos, que éramos unos traidores, y nos veían como un gran peligro. Creían que era una lucha entre las dos religiones y nosotros estábamos en medio.

En mayo de 1569 mi abuela fue hecha prisionera junto con su hija, Ysabel, de dos años, en un saqueo que sufrió la población en la que vivían. Desordenó toda la casa como si ya hubiesen entrado a desvalijar y se escondió bajo unas mantas con la niña cuando vio de lejos acercarse a los soldados. Luego sintió pasos y voces y en ese momento la niña comenzó a llorar. Su destino fue ser vendidas en el mercado de esclavos de Guadix y allí fueron llevadas en un carro con otros prisioneros, la mayoría eran mujeres. Entre ellas iba otra joven embarazada del mismo pueblo, Juana. Los hombres iban maniatados, pero ella, con la hija en brazos, y Juana llevaban las manos libres.

En esa situación de inferioridad y desamparo ya no podían hacer nada. Mi abuela había oído en el pueblo que el rey, llamado Felipe el Segundo, decía que los cristianos no podían ser esclavizados, pero cambió de opinión y nos acusó de rebeldes a la Corona sugiriendo que nunca habíamos profesado la fe cristiana sinceramente. También creía saber que los niños menores de diez años y medio y las niñas menores de nueve años y medio no podían ser vendidos como esclavos, sino que debían pasar a ser educados por familias de cristianos viejos para inculcarles la cultura castellana y la fe católica, quedando libres cuando cumplieran los veinte años. Sin embargo, prefirió no decir nada de esto último porque hubiera sido terrible verse separada de su hija, lo único que le quedaba de su familia y lo que más amaba en la vida. Mejor con su hija, aunque fuese esclava.

Una vez en Guadix las llevaron a unos corrales cercanos a la trasera de la que había sido mezquita; entonces ya era la parroquia de Santa Ana, la primera iglesia que se construyó en Guadix. Allí durmieron esa noche abrazadas, junto con Juana, las tres debajo de la manta que agarró mi abuela de su casa en el último momento. Aunque la primavera ya había hecho su entrada, Guadix es un pueblo de extremos, inviernos y primaveras frías y veranos cálidos. A la mañana siguiente les dieron una cazuela con gachas. La pequeña todavía mamaba. Mientras comían, Juana y mi abuela se lamentaban.

—¿Has visto a Hassan? —preguntó mi abuela a su vecina.

—No, no sé nada de él. Sospecho que mi marido haya caído muerto, me dijeron que estaba en la misma partida que tu marido, Muley, y que no se salvó ningún hombre.

Mi abuela se quedó paralizada, sin poder hablar; fue la primera y única noticia cierta que tuvo de la muerte de mi abuelo.

Dos días más tarde hubo mercado de esclavos en la plaza que había delante de la parroquia. Allí se habían reunido los mercaderes. Expusieron a los viejos, que parecían los de menos valor, después a los niños menores de catorce años, luego los hombres. A continuación, las mujeres maduras, con apariencia de entre veinte y treinta años, con fuerza para trabajar. Las últimas, las más valoradas, fueron las que representaban entre once y veinte años, las jóvenes, las que todavía eran guapas y vírgenes. Estas jóvenes reunían la capacidad para el trabajo doméstico, la posibilidad de explotación sexual y la de ser madres de hijos que nacerían esclavos, una cualidad que hacía a sus amos pensar en posibles beneficios económicos.

Por último, subastaron a mi abuela Ana y a Juana, la embarazada. Se apoyaban la una en la otra hasta que las separaron. Un comprador pidió confirmar la veracidad del embarazo. La agarraron entre dos hombres y la llevaron a un portal cercano, se oyó como le hacían descubrirse la tripa y como se resistía la pobre. Al verse así, se dejó caer al suelo, la agarraron y la levantaron abriéndole la ropa hasta el cuello dejando el torso al aire. Mi abuela, que desde donde estaba pudo contemplar lo que le pasaba, sufría.

—No sabes, querida nieta, lo que es ver aquella escena. Se me saltaban las lágrimas por Juana y por mí, aunque pensaba que probablemente a mí no me pasase pues yo no estaba embarazada. ¡Qué equivocada estaba!

Mi abuela se asustó cuando oyó, después de varias cantidades, que un comerciante ofreció nada menos que diez mil maravedíes. Ella, que sabía contar, no se imaginaba cuánto podía suponer una cantidad que nunca había oído.

Por fin, le tocó el turno. Un comerciante pidió examinarla desnuda y la pasaron al portal de la plaza.

—Allí me resistí a ser desnudada y trataba de agacharme sin soltar a la niña, pero nos desnudaron a las dos. ¡Qué vergüenza! La impotencia ante la fuerza de los brazos que me sujetaban me hacía sentir una gran rabia, tanta que ni lloraba, solo juraba y escupía a aquellos hombres del diablo. Mientras, Ysabel, al verme así, se puso a llorar.

—¡Qué horror, abuela!

—No se lo he contado nunca a tu madre, pero a las dos nos palparon el cuerpo, los músculos. Si me daba asco que me tocasen, más me daba que se lo hicieran a la niña. ¡Pobre angelito infeliz! ¿A qué mundo la había traído cuando, entre dolores, la parí? El hombre aquel, ¡maldita sea su estampa! No accedió a comprarnos y tuve que pasar por los ojos y las manos de otros dos, hasta que llegó el mejor postor, el mismo que había comprado a Juana.

—No quisiera verme en algo parecido —le contestaba a mi abuela acariciándole las manos.

—No sabes la angustia que se siente cuando te ves tan frágil. Por eso te digo que, si puedes ser libre, lo seas. Tu madre era muy pequeña y afortunadamente no recuerda lo que pasamos, preferí que no supiera nada y fuese sumisa para que nadie la separase de mí, pero a ti te advierto de lo mala que puede llegar a ser la vida de una esclava. No me gustaría que sufrieras algo parecido. No entendía aquello, pero fue tan malo, sentí tanto dolor, tanta vejación, tanta humillación que me ha marcado para toda la vida.

Hizo una pausa y prosiguió:

—Entonces era joven y había tenido una vida acorde con lo que deseaba, pero empecé a odiar a todos los hombres. Todos los hombres del mercado se debían sentir superiores a mí, allí me miraban y me manoseaban, con su fuerza me dominaban y yo ni tan siquiera podía hablar. ¿Quiénes eran ellos que, por la fuerza de la guerra, de la religión y de la fuerza bruta podían hacer de mi vida y de la de mi hija lo que quisieran?

Al principio me rebelaba, no podía con aquello. Sentía tanta ira que, siempre que podía, escupía por la espalda al tratante que nos compró. El tiempo ha ido pasando y me doy cuenta de que no todos los hombres son malos, lo fueron aquellos que me compraron y vendieron, los que se lucraban con la venta de seres humanos. Aprendí a moverme en este mundo tan duro y supe que algunas veces es mejor hacerme la sumisa para conseguir lo que más me convenía.

El precio que se pagó por mi abuela y mi madre lo he podido comprobar, pues hoy tengo en mi poder el primer documento de compraventa de ellas, igual que el de la compra de un caballo o cualquier otro animal. Dice cuánto pesa, cuánto mide, «morisca con su hija de dos años, ganadas en la guerra de Granada, dos varas de estatura, color de piel blanco, pelo moreno, largo y rizado, guapa de rostro, la dentadura con todas las piezas». La niña iba en el mismo lote porque la madre aseguraba su manutención y su vida y se pagaron once mil maravedíes[2].

La idea que me transmitió mi abuela era que las mujeres tenemos mayor precio porque, además de poder engendrar nuevos esclavitos, vivimos más años que los hombres y no solo somos dedicadas a todas las tareas domésticas, como fregar y lavar con agua fría, sino que también se nos puede ordenar trabajos que habían sido realizados por los hombres, como limpiar de hojas,

---

[2]68 maravedíes = una gallina. 34 maravedíes = 1 real de plata (1506-1700).

podar y abonar los jardines o patios y en el campo se nos envía a recoger la aceituna. Servimos casi para cualquier tipo de trabajo. Por otro lado, las mujeres, en general, tenemos un carácter más dócil a la hora de obedecer y casi nunca tratamos de escapar de la casa.

Los señores que se lo pueden permitir prefieren tener esclavas, ya que les sale más barato que tener mujeres libres a las que deben pagar una soldada; nosotras con la comida y el vestido ya vamos servidas y ni siquiera la ropa es nuestra. Y, sí, son muchos los que tienen esclavos: los nobles, los mercaderes, el clero y todo aquel con dinero para que le hagan las labores más duras o necesita una concubina.

EL VIAJE A SEVILLA

Al día siguiente el mercader, un sevillano al que llamaban Gutierre, junto con su criado, emprendió la marcha hacia su destino con el material humano que había comprado, aunque él no lo considerase tan humano.

—¿A dónde vamos? —preguntó mi abuela.

—¡Tú a callar, perra judía! —la insultó Gutierre.

Aquí el que no es cristiano viejo es odiado, da lo mismo morisco que judío, pensó mi abuela.

—A partir de ese momento, me prometí no dirigirle la palabra en toda mi vida por el odio que sentí hacia él. ¡Le aborrecí!

El destino final siempre era desconocido para nosotros los esclavos. El tratante poseía un carro que, según contaron, era de los que se llaman galeras y tiraban de él cuatro mulas, más otra que llevaban por si era necesario cambiar el tiro. El suelo del carro no era de madera en donde poner el pie seguro, sino de cuerda, una red tejida en donde se echaban los bultos. Allí subió a las mujeres: mi abuela Ana con mi madre, Juana y dos mujeres de mayor edad; la harina necesaria para las comidas, unas mantas, baúles y cestos que porteaba. Cubría todo esto un toldo que colgaba por los lados. También había comprado dos hombres jóvenes, uno albañil y el otro alfarero, pero estos, maniatados, debían ir andando para no sobrecargar a las mulas[3]. A las mulas había que protegerlas, los hombres ya se arreglarían como pudieran. Y un perro grande y ladrador.

—Yo, en el carro, procuraba ir sentada lejos del tratante. Me iba separando poco a poco todo lo posible de su odiada persona —me confesaba mi abuela—. Él se

[3]Una galera de cuatro mulas puede cargar con 60 arrobas o 690 kilogramos.

daba cuenta y me miraba sonriendo falsamente, burlándose; siempre recordaré su repugnante cara. ¡Espero que ya esté bajo tierra!

Durante el camino, mientras sufría por su reciente esclavitud, dirigía la mirada a los campos en donde la primavera estaba haciendo renacer las plantas; si no llovía el viaje a no se sabe dónde no sería muy malo. El camino recorría una antigua senda que discurría entre olivares, viñedos y campos de cereales. Atravesaba campiñas, sierras y lagunas. Desde tiempos ancestrales por ella habían viajado carros con productos agrícolas y otros productos venidos del oriente.

Tendrían que hacer descansos a la vera de casas e iglesias. Si había suerte, dormirían en un caravasar[4] o posada, si no al resguardo de un tapial o en corralones. Siempre vigilados de cerca por el tratante y su criado, no fuera que alguno tuviera la tentación de huir.

Debió calcular Gutierre, según comentó con el criado, que iban a tardar en llegar al final del viaje unos veinte días. No esperaba tener contratiempos con el estado de los caminos, pues estos eran buenos, además las autoridades de los municipios por los que discurrirían estaban obligadas a mantenerlos bien acondicionados y con la anchura suficiente para que pasaran los carromatos. Las ciudades, pueblos y villas en los que iban a descansar eran lugares de importancia. Otra cosa sería tener un percance con los bandidos que infestan los caminos, pues merodeaban por las cercanías. Osuna, Estepa y Utrera eran lugares en donde podían asaltarles, aunque nunca se sabía si escogerían otro lugar. Eran como una manada de lobos que lo mismo raptaban a los campesinos ricos que asaltaban un carruaje en el que pensaban que podía cargar buena plata.

---

[4]Posada en Oriente destinada a los mercaderes y grupos.

Al alejarse de los pueblos granadinos, mi abuela se sentía abatida mientras se acordaba de su luz, sus colores y olores, aquellos que difícilmente volvería a ver. Familia, amistades y lugares, todos estaban perdidos. Barrancos por los que salta el agua, procedente del deshielo, en arroyos y baja saltarina desde Sierra Nevada. Naranjos, limoneros, higueras y granados de los que jamás volvería a comer sus frutos. Una tierra, que fue salvaje, ahora domeñada por el hombre.

Mientras dejaban atrás la Alhambra, Ana y Juana entonaban:

Hermosa y bella Granada
donde tengo mi afición,
si fueses al escuadrón
de los moros entregada.

Gutierre, levantando el látigo y amenazándolas, las hizo callar.

Aunque Gutierre se portaba tan mal, un día se atrevió a decirle mi abuela:

—En mi pueblo se hablaba de unos moriscos ricos que viven por Castilla y son arrieros con grandes recuas de mulas. ¿Usted los conoce?

—¡Dios los confunda! Muchos hay que frecuentan los caminos de toda España. Ya sé, son de los que creen en Dios por cortesía o por falsedad. Sí, moriscos antiguos o «convertidos» los llaman. Pero tranquila, que nada vais a conseguir, aunque nos los tropecemos. ¡Que he pagado mucho por vosotras y os tengo apalabradas!

Mientras mi abuela me lo narraba se tapó la cara con las manos y dejó pasar un rato. Después más tranquila me siguió hablando.

—¡Ay, niña, le aborrecía, era tal asco el que me daba que no le podía ver! Era un sentimiento que no había tenido jamás. La felicidad en mi vida se acabó muy pronto;

si no hubiera sido por mi hija, me hubiese dejado morir; por ella estaba obligada a seguir viva.

Así se marchitaron los primeros seis días en los que dieron descanso a las mulas todas las noches, además de un rato al mediodía, normalmente cuando se oían las campanas de alguna iglesia cercana que anunciaba el Ángelus. Era indispensable hacer paradas que conllevaban soltar a las bestias para su descanso, dejarlas beber en algún arroyuelo y que pastasen en los campos de los pueblos en que paraban, antes de volverlas a uncir. Era este un privilegio para los que se dedicaban al porte de hombres y mercancías, lo que permitía no tener que acarrear el pienso de los animales.

La madrugada del séptimo día, parados en un pueblo al que denominaban Loja, Juana empezó a sentirse mal, pero, al ser la mañana clara y poderse adelantar mucho camino, nos pusimos en marcha. Casi no podía ponerse en pie, pero la obligaron a subir a la galera en donde terminó tumbada.

—Yo la agarraba de la mano. Trataba de tranquilizarla, pues pensaba que en las circunstancias difíciles de la vida es mejor sentir que se tiene un amigo cerca y no estás solo —añadía mi abuela y me miraba pidiendo mi aprobación.

—Tienes razón, abuela. Yo no sé lo que son los amigos, solo os tengo a vosotras.

—El ver a Juana en esa situación hizo que se me bajaran los humos y le pedí a Gutierre que detuviera el carro. Después de bastante tiempo y muchos juramentos, probablemente pensando que sería mejor parar y cuidar de que la joven no muriese en el parto, se hizo un alto. Al lado de un puente sobre un río de aguas muy frías[5] fue la parada. Resultó ser solo un amago, pues la pobre

---

[5]Riofrío

mujer se fue recuperando y no hubo parto; al fin era primeriza y, en general, pasan estas cosas. Más valió así, porque una situación de esas en medio del campo y sin ropa de abrigo podría llevarse por delante la vida de la madre o del niño, si no las dos.

Me repetía siempre su historia con las mismas palabras, nunca difería, no sé si por lo mucho que sufrió o de tanto repetírmela.

—Aquella situación de tener que hablar, rogar, al que consideraba mi enemigo me sirvió de lección y me hizo pensar en cuál sería la mejor forma de conducirme por la vida a partir de entonces. No sé si habrá sido bueno o malo, pero no me ha ido tan mal, dentro de lo malo. Cuando no puedes vencer a tu enemigo, no te enfrentes.

Esa jornada anduvieron la mitad del camino que tenía previsto Gutierre. Llegaron hasta un lugar llamado Villa Baja[6], vieron una ermita y se acercaron a pedir refugio en ella. Se llamaba de Nuestra Señora de la Victoria. Durmieron acurrucados, protegidos por las tapias de la pequeña iglesia, pues el inconveniente fue que las mujeres no podían pisar el interior de un convento de frailes.

Al día siguiente, los frailes les dieron pan y tocino para que se desayunasen. Gutierre resultó conocer a los frailes, que eran de los mínimos o frailes de la Victoria, que así los conocían en Málaga, ya que el tratante también pasaba por el mercado de esta ciudad en busca de esclavos.

El abad, que era bastante charlatán, les contó la historia de los conventos de los mínimos en España. Eran una orden fundada por el ermitaño san Francisco de Paula en el siglo anterior.

---

[6]Hoy, Archidona (Málaga).

—Pues nuestra orden tiene mucha historia —decía—, y más en estas tierras. Hace ya casi un siglo, en 1487, que Fernando V puso cerco a la ciudad de Málaga y después de tres meses de asedio sus tropas no conseguían rendir la plaza. Cuando andaba desmoralizado, llegaron dos frailes de los nuestros que le advirtieron de que perseverase y conseguiría su rendición. Muy poco tiempo después la ciudad cayó en manos de los reyes castellanos. En agradecimiento el rey mandó construir la iglesia de Santa María de la Victoria, patrona de Málaga, en donde se venera la imagen de la Virgen sentada sobre una roca con el Niño en su regazo; la mano derecha sostiene el cetro y en la izquierda se ha posado un pajarillo. Con tan fausta victoria, nos autorizó para que fundásemos conventos en cualquier parte del reino.

Después, al fijarse en mi abuela con la niña y en la embarazada, les entregaron unas tuniquillas de paño humilde, viejas, para que se arroparan.

Poco antes de emprender la marcha, el abad, dirigiéndose a Gutierre, preguntó:

—¡Buen hombre!, ¿van ustedes a Sevilla o algún lugar cercano?

—Esa intención llevo, al mercado de la catedral.

—Pues le pido que tenga usted la caridad de llevar a dos de mis hermanos que se dirigen allí, a un convento de nuestra misma orden en busca de limosnas. Algo encontrarán en aquella ciudad tan rica a la que llegan los tesoros de la Nueva España. Nosotros vivimos muy pobres y solo nos ocupamos del amor que tenemos a las criaturas de Dios. Nos hemos quedado sin nada para socorrer a los menesterosos y enfermos de los alrededores.

—Pues venga, ¡rápido!, ¡rapidito!, que no hay tiempo que perder.

—Además le pueden ayudar a usted. Los caminos de este mundo son peligrosos y es mejor hacerlos acompañados. Los montes y bosques están llenos de gente mala y, a veces, salen estos bandidos a robar y, si no llevas nada, igual te roban la vida.

Gutierre, dando la espalda, por lo bajo añadió: «¡Malditos curas, menuda ayuda me van a dar, siempre pidiendo! ¡A rezar que es lo suyo!».

Una vez aceptados, los dos frailes, pues la orden les obligaba a viajar de dos en dos, se confesaron. Era una obligación confesarse una vez a la semana, y con la bendición de su superior se pusieron en viaje junto con el tratante de esclavos.

Durante el camino, los frailes comentaron que también existía un convento de mínimos en Estepa y algo les podrían socorrer al pasar por ese lugar. De momento todo parecía que iba bien, aunque ya estaban muy cansados.

Pasados otros seis días, una de las ruedas del carro, que eran de madera maciza, empezó a sufrir por el borde y amenazaba con desprenderse una de las tablas que estaba en la parte exterior. Ataron la tabla a las demás con unas cuerdas, pero enseguida empezaron a romperse. Cuando ya se divisaba un pueblo, la tabla se soltó, se hizo añicos y provocó que el carro diese saltos amenazando con destrozar toda la rueda. Era ya anochecido, pero despacio y todos andando para que el peso no hiciera sufrir más la rueda entraron justo en Estepa. Allí hicieron noche. Los frailes buscaron el convento, que todavía era una pequeña ermita, la ermita de la Concepción, pues solo llevaban en aquel lugar ocho años. Pasaron la noche con sus hermanos en Cristo y los esclavos en un corralón que había cercano, pues no había hospedaje en donde quedarse. A la mañana siguiente, el criado junto con los esclavos jóvenes se acercó a un bosquecillo de encinas para cortar la madera que necesitaban para reparar la rueda. Como los viajes podían ser muy largos se permitía a los carreteros cortar la madera que necesitasen para reparaciones. También se podía hacer leña para calentar las comidas, es decir, las gachas, pues gachas con algo de tocino o trigo machacado eran el sustento.

Los frailes eran los más pobres del pueblo y poco podían ayudar. Aprovecharon para pedir limosna por las casas, hogares en donde nada sobraba. Consiguieron un par de naranjas que ocultaron a Gutierre y se las entregaron a las mujeres. Las infelices se acordaban de las habichuelas y todas las verduras de su pueblo. ¿Las volverían a comer algún día?

También les entregaron un manto bastante raído de una vieja que acababa de fallecer. El manto fue para Juana, aunque no pudo dejar de recibir algunas miradas de envidia. La primavera había entrado de lleno, pues creo que ya estaban en mayo, el sol era más brillante y calentaba al mediodía. Al anochecer refrescaba bastante y se sentía el frío en los cuerpos, sobre todo si se llevaba poca ropa y se estaba mal alimentado.

Perdieron en esta parada otra jornada completa, ya llevaban dos de retraso, pero sirvió de descanso a las mujeres. Las mulas también se beneficiaron, pues encontraron un prado con abundante pasto y cerca un arroyo, lo que sería una alegría para las bestias, si los animales supieran lo que es darse un festín. Sin embargo, tuvieron que oír toda clase de blasfemias contra Dios, la Virgen y los santos y los mayores insultos contra los esclavos, los frailes y el criado por parte de Gutierre a causa del retraso.

Se atrevieron los frailes a reconvenir a Gutierre, que seguía llamando hideputa a todo el que se le pusiera delante, haciéndole ver que la esclavitud era una gran desventura y si no le daba pena cómo iban esas pobres criaturas del Señor camino de ser explotados, sin libertad. El tratante no se arredró y, como le dictaba su carácter, los echó con cajas destempladas del carro, diciéndoles que no les quería volver a ver más. Los frailes entregaron sus mantos de burda lana negra y largos hasta la pantorrilla a las dos mujeres mayores para que se abrigaran; ellos con el ejercicio de la caminata ya se calentarían.

Continuaron camino adelante sufriendo unos días de calor sofocante, recordaron que hacía muchos meses que no llovía, la primavera estaba siendo muy seca. Andaban cerca del río Guadaíra cuando un viento cálido y húmedo comenzó a soplar con fuerza y trajo unos negros nubarrones, parecía que el día se convertía en noche. Gutierre condujo a las bestias hasta una tapia cercana. El viento azotaba el toldo de la galera y levantaba de los campos arena cegadora por lo que se tuvieran que proteger la cara y los ojos con las manos. Un trueno ensordecedor se dejó sentir, asustando a hombres y caballerías, estas últimas relincharon y alzaron sus patas desequilibrando el carro. Un segundo trueno, que dejó ver una larga culebrina en los cielos amenazando con abrirlos, causó tal ruido que todos gritaron. Truenos y rayos se sucedieron como si quisiesen barrer la faz de la tierra. Vieron como del único árbol cercano se desgajaba una rama que a punto estuvo de caer en el carro. Después comenzó a caer un aguacero cuyas gotas eran tan gordas y caían con tanta fuerza que parecía que querían horadar la tierra. De nada servía el toldo pues la fuerza del viento lo levantaba como si lo quisiera arrancar y llevar volando lejos. La lluvia mojaba a los hombres, las bestias y bártulos. Al poco resguardo de la tapia se quedaron contemplando como las aguas del río se iban engrosando de tal manera que comenzó a desbordarse amenazando con llegar hasta donde estaban y tuvieron miedo de que pudiera arrastrarlos. La tormenta no duró mucho y cuando la lluvia amainó reiniciaron el camino.

Al principio, las mujeres gritaron pidiendo socorro, pero en aquel descampado nadie podía oírlas. Después, abrazadas, ocultaban sus rostros para no ver lo que tenían encima. Gutierre, ahora no le faltaban motivos, seguía cagándose en Dios y en todos los elementos de la Creación. Cuando pasó el mal momento, las aguas volvieron a su cauce y el sol volvió a clarear entre nubes, permitió subir al carro a los frailes.

—Juana siguió gimiendo asustada y a mí se me partía el alma viéndola. No sabía qué hacer para consolarla, —me relataba mi abuela—, hasta que me puse a cantarle bajito aquello de…

Si fueses ya de aquel bando
que te desea tener,
donde pueda más valer
Abén Humeya Fernando.

La mala sombra de Gutierre me oyó y, con su poca humanidad, el salvaje levantó el látigo y lo dejó caer sobre mis espaldas. Gritó «¡cállate vieja!». ¡La próxima te echo a andar! —terminó de contarme.

Continuaron, las mujeres como siempre en el carro y los hombres se turnaban un rato andando y otro arriba. Tantas leguas llevaban andadas que a todos se les empezaron a llagar los pies; uno de los esclavos empezó a sangrar, seguramente de haber caminado con las llagas por el barro que produjo el agua de la tormenta. Los frailes intervinieron y volvieron a reconvenir a Gutierre para que le subieran al carro; le dijeron que, de ese modo, en cuanto lo viese un posible comprador, tendría que rebajar el precio de venta, lo que convenció al mercader.

Pasados veintidós días, ya entrados en junio, empezaron a verse más galeras de cuatro y hasta de seis mulas y caminantes. Sevilla estaba a la vuelta de la esquina. Pasaron por Arahal y Alcalá de Guadaíra, y el día veintitrés apareció en lontananza la torre de la catedral de Sevilla.

Una vez cruzaron Alcalá, contemplaron un largo acueducto, los Caños de Carmona se llamaba, que tenía nada menos que cuatro leguas y llevaba el agua desde el manantial de Santa Lucía, soportado por infinidad de arcos, hasta la misma Sevilla. Allí surtiría de agua a palacios de la aristocracia, fuentes y baños públicos. Los monjes y los esclavos quedaron maravillados ante obra tan magnifica que nunca habían imaginado. ¿En dónde habían visto una obra tan grandiosa?

Antes de llegar, se detuvieron en una posada, que más bien parecía un caravasar, pues allí había alojamiento para las personas, las bestias y las cargas. Mi abuela oyó al posadero hablar con otros en algarabía y sintió que no estaba tan sola, que había más gente como ella por el mundo y quizá no fuese todo tan horrible como había imaginado. Gutierre dejó el carro y las mulas y andando, el tratante, el criado y los esclavos se encaminaron hacia la muralla para entrar por la puerta más cercana a los alcázares reales, la Puerta de Jerez.

SEVILLA

Antes de atravesar la puerta les llamó la atención la enorme muralla con sus muchas torres. Justo antes de atravesar la Puerta de Jerez o de Bab Al Sharish, cerca del río, tenía unas columnas a los lados y un escudo arriba. En el suelo, presta a ser colocada, una lápida con unos versos grabados contaba la historia de la ciudad que Gutierre leyó en voz alta:

Hércules me edificó.
Julio César me cercó
de muros y torres altas.
El rey santo me ganó
con García Pérez de Vargas.

Un alguacil se dirigió a ellos y les dio el alto.

—En nombre del Rey nuestro señor don Felipe el Segundo y del teniente asistente de la ciudad os ordeno que me enseñéis la documentación de todas estas personas.

—Todos son esclavos moriscos, menos este joven, que es mi criado, y yo, que soy mercader —respondió Gutierre.

—¡A ver, escrituras de compra de estos seis adultos y una criatura!, y destino en donde piensa venderlos. ¿No sabe que nuestro rey quiere hacer un recuento de la población? Los habitantes en Sevilla están creciendo de forma muy rápida. La ciudad, con el puerto de Indias y ahora con la llegada de los muchos moriscos que ha mandado sacar del reino de Granada, se está convirtiendo en la más grande y poblada. Los esclavos han de ser repartidos por todo el territorio de Castilla dejando solo uno o dos en cada parroquia —reglamentó el alguacil—. Por el número de esclavos que lleva, solo puede dejar en esta ciudad a cuatro, el resto tiene que sacarlos de aquí. La consigna de la Corona es disolver su identidad y aniquilar su resistencia.

Después de que Gutierre firmara unos papeles les dejaron el paso franco. Para el tratante parecía que aquello no había sido un contratiempo, pues, acostumbrado a jurar el nombre de Dios en vano, no rechistó.

Sevilla era el centro del mundo conocido. Entraron en la ciudad y no se creían lo que veían: calles anchas, soleadas, aireadas, jardines, edificios suntuosos, palacios. Las calles estaban infestadas de hombres y mujeres que andaban en todas direcciones, todo era una turbamulta. Hidalgos, escuderos, señores a caballo, todo el que podía con calzas negras o de colores y jubones de terciopelo bordado, las camisas con las lechuguillas bien almidonadas en el puño y las gorgueras blancas en el cuello. Coches tirados por caballos transportaban a sus propietarios que parecían reyes, príncipes o ricas hembras con los últimos colores de moda, sedas carmín o verde malaquita. Hombres blancos, muchos negros, pero la mayoría de estos últimos mal vestidos como ellos mismos, pobres esclavos, y para su sorpresa vieron algunas mujeres vestidas a la usanza morisca, como ellas. En ese momento se sintieron menos solas, pero pronto su desgracia las hizo olvidar ese sentimiento.

Pasaron por el Real Alcázar, ¡ay, qué suspiros al enterarse de que había sido un palacio real de origen árabe! Siendo tan pobres que ni siquiera se pertenecían a ellos mismos, los esclavos se sintieron poseedores del palacio que escondían aquellas tapias.

Pronto la catedral, ¡qué magnífica y grandiosa! ¡Qué alminar tan alto! Algo imposible de hacerse idea. Claro que también era un hervidero de pobres, los que tienen la calle por casa y la mendicidad por trabajo, deambulando por los alrededores en busca de almas piadosas que les dieran una moneda, pero pobres había en el mundo entero no solo en Sevilla; esto no quitaba que muchos viajeros europeos describieran a la ciudad reconociendo: «Qui non ha visto Sivillia, non ha visto marravilla».

Después caminaron por calles más estrechas. En la Puerta del Perdón de la catedral nacía la alcaicería de la seda hasta llegar al ayuntamiento. Las calles angostas, al contrario que las anchas, estaban sucias con desperdicios de basuras, mal olor, charcos, baches y estiércol de los animales que transitaban, tenderetes de toda clase de productos. Una vez en el ayuntamiento vieron la magnificencia de su edificio, delante, una gran plaza con una fuente, casi en la esquina de la calle Sierpes, la Cárcel Real en donde estaba recogida a la fuerza la canalla. Más allá se veía otro gran mercado: puestos de frutas y verduras, carnes, calderos en donde se freían peces, lo que hizo recordar a las pobres mujeres su vida hasta hacía poco tiempo. Entre los puestos merodeaban ciegos y tullidos pidiendo una limosna por amor de Dios.

Detrás del ayuntamiento se abría una gran plaza ajardinada. Anduvieron hacia el río y atravesaron una puerta de una tapia que escondía detrás otra ciudad: la Mancebía. Las autoridades ocultaban el barrio de las prostitutas y allí, Gutierre, llevó a los esclavos.

Entrevieron, más hacía el cauce del río, el puerto en donde se atracaban las naos, el Arenal, las Atarazanas en donde se construyen las galeras. Aquella zona estaba dominada por la gente de mal vivir: los pícaros, especialistas en revender y adulterar los productos robados, el aceite, el vino, la cera y todo lo que pillaban. Pero el puerto era el más grande y más protegido de todo el reino, el que recibía más mercancías.

Oyeron a unas mozas cantar:

Vienen de Sanlúcar
rompiendo el agua
a la Torre del Oro
barcos de plata.

Este gran puerto estaba a cien kilómetros del mar, protegido de ataques exteriores, ¿qué piratas se atreverían a ascender por el Guadalquivir para que después, en su huida, pudieran ser bloqueados en la desembocadura?

En la Mancebía las calles eran estrechas, las casas sin agua, húmedas, sombrías e insalubres. De momento ese fue su destino, una vez dentro del barrio fueron a una casa sin ventanas a la calle. Atravesaron un zaguán con recodo, para que no se viese el interior. Dentro, un gran patio adornado de macetas con flores aromáticas, jazmines, rosales, naranjos, -quizá para quitar el mal olor que imperaba-, con un pozo en el centro para servirse de agua los vecinos. A las cautivas les recordó el estilo de algunas casas granadinas, las viviendas al interior para no ser vistas desde la calle y el patio, que era la gran plaza en donde hacer la vida.

En el patio, mil puertas, y cada una daba a un cuartucho en donde las ordenanzas municipales obligaban a vivir y trabajar a las prostitutas y las prohibían salir del barrio, aunque ellas se las ingeniaban para salir por butrones hacia el puerto cuando llegaban los barcos.

Gutierre tenía alquilado un cuarto que solo tenía una puerta y un ventanuco al patio interior. Los metió a todos y cerró por fuera. Hasta el cuartucho los acompañaron los frailes antes de ir al convento en donde debían pernoctar.

A la mañana siguiente, día del Señor, tocaban a misa en la iglesia de San Pedro; Gutierre sacó del habitáculo a todos los esclavos, excepto a Ana y Juana, y se los llevó al mercado de la catedral.

—Que aquí parece que no nos quedamos —le comentó mi abuela a Juana—. Seguimos haciéndonos compañía, dentro de lo malo... nos encontramos juntas. Pronto tendrás a tu hijo y seremos como una familia.

Mi abuela se puso a cantar:

Quién danzara ya la zambra,
quitado ya de querellas,
con hermosas moras bellas
en ti, mi querida Alhambra.

Mientras se consolaban sin saber qué les depararía el futuro, las prostitutas las oyeron y, aprovechando que en esas horas de la misa no podían trabajar, la «madre de familia», es decir, la directora de la mancebía, les llevó un perol con garbanzos y espinacas. Las pobres no se lo podían creer al verlo. Ysabel, que hasta ese momento solo había mamado y roído pan duro por el camino, devoraba los garbanzos casi sin masticar. El criado, que se había quedado en el patio vigilando, no dijo nada; pensaría que así su amo se ahorraba unos cuartos en el yantar de ese día.

Me contó mi abuela que ellas dos hablaban mucho sobre su destino, a qué lugar las enviarían, con qué amo caerían, pero sobre todo del sentimiento de no ser dueñas de sus actos. Después de todo lo que habían trabajado en su pueblo y el tiempo que habían dedicado a sus familias, se sentían atrapadas por un destino que no podían esquivar. Tendrían que obedecer contra su voluntad. ¡Benditos aquellos días en que se sentían obligadas por su sangre, la familia, los hijos y la necesidad de comer!

Mientras, Gutierre se había llevado a las dos mujeres mayores y a los dos hombres esclavos a la puerta de la catedral, en cuyas gradas mercaderes portugueses, genoveses, ingleses, flamencos y sevillanos anunciaban las cualidades de su mercancía, exponiendo el cruel escaparate. Era el mercado más importante de España y el segundo de Europa, después del de Lisboa.

Acudía la aristocracia a comprar sus futuros siervos: duques, marqueses, condes y los clérigos, arcedianos, canónigos, cualquier cura. Ellos se repartían la mayoría de los esclavos, aunque no eran los únicos.

Entre los compradores también figuraban bachilleres, médicos y escribanos. Artesanos, artistas, pintores, plateros. A los musulmanes los apreciaban por su conocimiento de la artesanía de la seda. Y todo el que se lo podía permitir se compraba un esclavo, pues poseer esclavos estaba muy bien visto y daba apariencia de tener una buena posición económica, de ser persona adinerada. Comprar personas era asegurarse el trabajo del esclavo y se podía volver a vender cuando no fuera necesario.

La mayoría esclavizada eran negros que traían los mercaderes portugueses desde África. Tantos que llamaban a Sevilla «el tablero de ajedrez». Sin embargo, también había esclavos blancos, los musulmanes capturados en Granada y Málaga que no tenían dinero para pagar su libertad. Tanto era así que a la alcabala por la venta de esclavos la llamaban «la renta de moros y tártaros».

Al final del día, apareció Gutierre en la mancebía de mal genio, como siempre, hablando a gritos con el criado; el día había sido de mucho calor. Consiguió vender a los cuatro esclavos que llevó al mercado, pero se le oyó decir que quería comprar una mulata joven, adolescente, y que iban muy caras, por lo que no había podido mercar nada. Al día siguiente, ya de noche y harto de buscar lo que no encontraba, decidió marchar para Zafra por la mañana; allí los portugueses llevaban negras de Cabo Verde e igual tenía suerte.

También se presentaron los frailes para preguntar por los esclavos, sobre todo por las mujeres. Contaron que se habían hospedado en el convento de la Victoria de los Mínimos, situado en el barrio de Triana, cerca del Guadalquivir y del monasterio de Nuestra Señora de la Consolación, que pertenecía a monjas de la misma orden.

Los frailes eran tan charlatanes como su abad, hablaban y no sabían parar. Contaron que los mínimos se instalaron en Triana cuando una hermandad les cedió una ermita y el hospital de San Sebastián. Al principio estaban en el centro de Sevilla, junto a la iglesia de San Miguel, pero después les donaron un terreno más grande y cambiaron de lugar.

Las monjas mínimas también fijaron su residencia en el barrio hacía muy poco, en la calle de la Cava; llegaron procedentes de Fuentes de León, en Badajoz. Eran trece monjas profesas, tres postulantas y una novicia natural de Fuente de Cantos. Los miembros de la orden cuando profesan hacen votos de castidad, pobreza, obediencia y de no comer carne, solo pueden tomar el fruto que da el campo y pescado y el poco dinero que poseen proviene de las limosnas. En el pueblo de Badajoz la gente era muy pobre y les era imposible comer pescado por lo caro que iba. El médico que las atendía les aconsejó que se trasladasen a Sevilla, que es una ciudad rica y abundante en pescado, tanto del río como del mar y más barato, si no perecerían de hambre. Establecerse en Triana tenía su motivación por ser un barrio en la margen del río con industrias fluviales, agraria, alfarera y en ella vive gente rica y poderosa dada a ser generosa con las limosnas.

Comentaron que durante el día se habían acercado a la casa de algunos de los más ricos comerciantes asentados en Sevilla. Los españoles, sobre todo el duque de Medina Sidonia o el marqués de Cádiz. También los había flamencos, genoveses y catalanes. Todos estos personajes tenían una gran influencia en el intercambio de los productos que traían los galeones de las Indias. Negociaban con las cargas, que se componían de oro, plata y caoba. También controlaban los barcos que venían de oriente y portaban sedas de gran valor de China, algodón de la India, piedras preciosas y especias, entre ellas la apreciada canela. Pedir limosna a estos grandes mercaderes para atender a las necesidades de su convento en Archidona y ayudar a los necesitados de los alrededores era su cometido en Sevilla.

Se despidieron los frailes y no se esperaba volver a verlos, sin embargo, al día siguiente muy temprano aparecieron en la mancebía.

—Gutierre, por la caridad de Dios, ¿va a pasar cerca de Fuente de Cantos?

—¿Qué tripa se os ha roto ahora a vuesas mercedes? Sí, voy a Zafra y pasaré cerca. ¿Qué pasa? ¿Que ahora tengo que llevaros allí?

—Nada, solo es llevar una carta de una novicia a su familia. Mire que va a profesar y se lo quiere comunicar a sus padres por si pueden asistir.

—¡Venga la carta, hombre! —Mirando para el suelo, añadió en tono más bajo—. Siempre pidiendo y no se cansan.

—Pues tome usted y que Dios le bendiga. Y este saquito de dulces de las monjas para que reparta a las mujeres.

—¡Vaya, gracias, menos mal que se os ve un detalle! ¡Pues lo dicho, con Dios!

Gutierre tenía pensado ir al mercado de esclavos de Zafra, uno de los más grandes de Extremadura.

EL CAMINO HACIA ZAFRA

A la mañana siguiente salieron temprano y atravesaron el río. El agua estaba en calma, solo estaban atracados algunos pequeños barcos y gabarras. La flota de Nueva España no estaba en Sevilla, lo que permitía a algunas mujeres lavar sus ropas en la orilla y ponerlas a secar sobre la hierba de la ribera.

Gutierre había cambiado el carro de cuatro mulas por uno de dos; los únicos viajeros eran mi abuela, mi madre, Juana y Gutierre con el criado. En el mercado de Sevilla había dejado cuatro esclavos en total, por lo que el peso era menor.

Atravesaron por una arboleda cercana al cauce del río, luego huertos de los que abastecían de verduras a Sevilla. Pocas leguas después el carro subía una leve cuesta en dirección al norte, hacia la Extremadura. Los naranjales a los lados del camino dieron paso a los alcornoques, encinas y jaras. Hicieron noche en un lugar llamado «Parada y fonda» con varios establecimientos de posaderos en donde servían comida a los que pasaban por el lugar.

En la segunda jornada prosiguieron por el mismo camino hacia la calzada romana Vía de la Plata. Entraron en un paisaje formado por sierras cubiertas de bosques en donde crecen los pinos, los tejos y robles y culebrean los arroyos. Eran las estribaciones de Sierra Morena. Una vez pasadas las sierras más altas, en las siguientes jornadas, se alternaron los bosques con llanuras que se ondulaban y parecían no tener fin. En estos campos de extensas dehesas, aclarados crecen los alcornoques, las encinas y los acebuches. Debajo de estos árboles pastan los animales entre romeros, aulagas y brezos. Cerdos y ovejas y algunas cabras se oteaban desde el carro. Mi abuela me contó que nunca había visto un campo en el que se pudieran dar dos frutos a la vez: se podía sacar corcho y alimentar al ganado. Algún conejo o liebre se entreveían corriendo.

Sobrevolaban los buitres, las águilas y, más lejanas, las avutardas. Estas últimas eran desconocidas para mi abuela. De vez en cuando se avistaban codornices y perdices. Una calandria, de cuerpo robusto y cabeza grande, se posó en el carro cerca de mi madre silbando y trinando e hizo las delicias de las esclavas. Cuando la niña alargó el brazo para cogerla, el ave emprendió el vuelo. Ella podía escapar de las manos de los hombres y planear solitaria bajo el cielo.

Se veían castillos abandonados en lo alto de cerros cercanos a los pueblos. Este camino era bastante frecuentado, se cruzaban con mercaderes que trajinaban ganado, lana o cueros. También se transportaba en carros el aceite, la sal y las especias.

Discurría plácidamente la travesía hasta que al cruzar un arroyo seco el carro se atoró. Se bajaron todos, y entre las dos mulas y los dos hombres no podían sacarlo del atolladero, pero tanto empujaron que lo desequilibraron y cayó de costado golpeando a Juana en un brazo, que no paraba de gritar. Mi abuela tenía miedo de que con el susto se pusiera de parto, pero ella de momento solo se quejaba del brazo.

Al fin, un comerciante que pasó y con ayuda de sus mulas y las de Gutierre lograron levantar el carro y ponerlo en el camino.

A la infeliz Juana debió de cascársele el brazo, pues lloraba sin descanso y a cada bache clamaba: «¡ay, mi codo!». Peor le fue cuando empezó a sentir dolores de parto, esta vez sí que iba en serio. Tenía momentos de calma, pero a los pocos minutos volvían los dolores. Las contracciones del parto la hacían mover el brazo y entonces veía las estrellas. Ya no sabía a qué atender, si al parto o al brazo.

Ella pedía que parasen, pero quedaba muy poco para llegar a Fuente de Cantos, en donde debían entregar la carta de la novicia y Gutierre no quería retrasar más el viaje.

Una vez en el pueblo fue muy fácil encontrar a la familia de la futura monja. Vivían en zona muy principal en la conocida calle Llerena, cerca del ayuntamiento y de la iglesia de Nuestra Señora de la Granada. El padre, Juan Talaverano, era un hombre muy conocido. Formaba parte de un grupo influyente de comerciantes dedicados a la compra y exportación de curtidos; él mismo había llegado a ser veedor de una asociación. También poseía un rebaño de ovejas de quinientas cabezas. Era una persona acostumbrada a dar su opinión sobre cualquier tema y respetado entre los suyos.

Entre dolores de parto llegaron al hogar de la novicia. Los padres abrieron la carta y mientras la leían oyeron las lamentaciones que venían del carro:

—¿Qué pasa ahí? Una mujer se queja y grita —avisó asustada la señora de Talaverano.

—Nada, nada —dijo Gutierre—, una esclava que llevo para vender en Coria y está de parto.

—¡Pero bueno, eso no puede ser! Esa mujer necesitará asistencia.

—¡Bájela, bájela del carro! —insistió el padre—. Por suerte hoy está en el pueblo una partera de Fregenal que viene ayudando al cirujano, compadre mío, Vázquez de Arcos.

—No se molesten, que además tengo prisa.

—Ni molestia ni nada. ¡Santos, Inés!, ¡venid aquí!, ¡pronto! —llamaron los padres a dos de sus esclavos.

Agarraron por los brazos y las piernas a Juana y la metieron dentro de la casa.

—Es que se ha mancado un brazo —explicó mi abuela.

Prepararon un colchón en la habitación de la esclava Inés y allí la echaron. Llamaron a la partera que acudió enseguida. La comadre dijo que lo del brazo era cosa del cirujano y que ella atendería el parto, que le parecía que podía ser lento.

—¡Mecagüendios, lo que me faltaba! —bramó Gutierre—. ¡Con la prisa que tengo de llegar a Zafra y luego subir a Coria!

Estaba marchándose el sol cuando a mi abuela, mi madre, el criado y Gutierre les dieron de cenar. Les sacaron un pan candeal y un embutido grueso con cuerdas al que llamaron lomo «doblao»; pensaron que era una carne de vacuno veteada con grasilla, tenía un sabor como no habían probado nunca. Aquello debía tener ajo y sal y una capa finísima de grasa blanca que le daba untuosidad. El aroma quitaba el sentido. Por fin, algo bueno había en su actual vida. Mi abuela lo recordaba muy bien, fue la primera vez que comió cerdo y dice que nunca volvió a tomar algo más rico.

Un poco más tarde, los aposentaron bajo un porche en la trasera de la casa en donde durmieron. Ya casi era verano, el cielo negro estaba estrellado y no tuvieron frío.

Mientras, acudió el cirujano Vázquez, de una familia de eminentes cirujanos y médicos de Fregenal de la Sierra, uno de los pueblos más grandes de la zona y de los más ricos por su ganado y la fabricación de cueros. También sobresalían los médicos, los físicos y los cirujanos, no en vano las familias ricas gastaban su dinero en enviar a sus hijos a Salamanca a estudiar.

Parece ser que entre los vecinos que se dedicaban a curar a los enfermos había muchos que descendían de judíos y, siendo ahora cristianos, tenían que andarse con mucho cuidado, pues el Tribunal de la Inquisición siempre estaba encima y los ataba en corto por si eran judaizantes. Como profesionales de la medicina no había otros como ellos en mil leguas a la redonda. Juana no podía estar en mejores manos.

Al día siguiente, el parto se hizo esperar hasta la noche.

Al final, fue un niño, un niño muy delgadito y con una mancha roja en la parte de atrás de la cabeza. El padre de la novicia, Talaverano, dijo que estaba tan débil que había que bautizarlo inmediatamente. Se llamó al cura y se le impuso el nombre de Francisco de Paula, el nombre del fundador de la orden religiosa en donde iba a profesar su hija.

Vistieron al niño enseguida, pues la señora de la casa buscó en los arcones hasta encontrar toda la ropita de cuando sus hijos eran pequeños. Le señalaron a Gutierre que aquella mujer no estaba en condiciones de viajar en un carro, que debía esperar unos dos, tres o, mejor, cinco días. A Gutierre se lo llevaban los demonios, estaba amargado, pero la autoridad con que hablaba la dueña de la casa le hacía tragar quina.

Pasados tres días, Juan Talaverano, cogió a Gutierre en un aparte y se les oyó discutir.

—¡Escuche! Usted no puede poner en viaje a la parturienta, ¡se le morirá ella y el niño! ¿Qué negocio espera hacer?

—Talaverano, es una esclava. Las esclavas son duras, no son como nuestras mujeres a las que les consentimos y mimamos demasiado, ¡que así se han hecho débiles!

—Usted puede hacer lo que quiera, pero en esta circunstancia no es inteligente ni caritativo. ¡Tengo yo más cuidado con mis ovejas que usted con esta pobre mujer! Ha perdido mucha sangre y con el movimiento del carro se va a poner peor. Necesita descanso y comer para recuperarse. Vaya usted a Zafra o a donde tenga que ir y, una vez terminada la operación que tuviera planeada, vuelva a recogerla. Si no lo hace así, usted la pierde a ella y al niño.

Gutierre empezó a bajar la cabeza y Talaverano siguió empujándole para que cediera.

—La madre tiene que comer carne para recuperar la sangre que ha perdido, ¿qué carne le va a dar usted? Si quiere podemos llegar a un acuerdo.

Al final llegaron a un trato. Talaverano le daba un dinero a cuenta: si Gutierre no volvía, Juana era propiedad de la familia, y, si volvía y se la llevaba, este les devolvía el pago.

Las dos esclavas se abrazaron.

—Yo creo que quedas en buenas manos —la animó mi abuela—, espero que nos volvamos a ver o a saber de nuestras vidas.

Gutierre y el criado con solo mi abuela y mi madre continuaron hacia Zafra.

ZAFRA

El tiempo pasaba y ya estaban en el mes de junio, próximos a los días de San Juan, cuando avistaron las murallas de Zafra. Ciudad encrucijada entre los caminos que atraviesan Extremadura de norte a sur y desde el este a Portugal. Allí se celebraban ferias semanales y sobre todo grandes ferias ganaderas.

Gutierre tenía interés en llegar a las ferias de San Juan, que duraban desde tres días antes del santo hasta cuatro días después, pues durante estas las operaciones de compra y venta no estaban gravadas con impuestos como la alcabala y el portazgo. La alcabala, que era un impuesto real que se gravaba sobre el comercio y la compra venta de esclavos, solía suponer un diez por ciento del precio del producto. El portazgo era un impuesto municipal y del que se estaba exento en estas ferias y en las de San Miguel en septiembre. En estos días todo era bullicio, allí casi no cabían las gentes que acudían, la ciudad era una fiesta.

Las murallas circundaban la villa y sobre ellas sobresalía un gran alcázar de gruesos muros. Entraron por la puerta que daba al camino que ellos traían y llamaban de Sevilla. La puerta era casi tan grande y rica como las que habían visto en Sevilla. En realidad, la puerta era un torreón por el que se pasaba por debajo de un arco y encima se había construido una capilla a la Virgen de los Remedios.

Al poco de entrar la multitud era agobiante. A su derecha, se encontraba el palacio de los duques de Feria, cuadrado con muchos torreones, era la residencia familiar de los duques. Bajaron por una populosa calle, a la vez pasaban borricos con sus alforjas cargadas de higos. La vía desembocaba en una grandísima plaza y según se acercaban se oía el gran ruido del mercado en la plaza Grande. En la zona sur de los soportales se abría un pasillo, el Arquillo del pan, que daba acceso a otra plaza algo más pequeña, a la que llamaban la plaza Chica.

Acudían gentes de Cáceres, Badajoz, Llerena, Trujillo o Plasencia, andaluces de Sevilla, Córdoba y Granada, y portugueses; de estos últimos muchos residían permanentemente en la ciudad. Algún castellano de Salamanca o Toledo también iba en busca de personas esclavizadas de color que traían los portugueses desde Etiopía, Angola y Cabo Verde.

En la plaza Grande, rodeada de palacetes, soportales y balcones, los feriantes de ganado, sudorosos, mostraban los caballos de pura raza, toros y vacas, ovejas, cerdos y cabras. Los tratantes de esclavos exponían su mercancía humana para venderla, pero, a veces, simplemente para cambiarla. Se podía cambiar un esclavo por cuatro novillos o por una vaca con un ternero. No siempre se empleaba la moneda en el trueque.

Al pasar a la plaza Chica, también con soportales, se contemplaban los puestos de comida en donde los vendedores se desgañitaban ofreciendo sus productos. Panaderos, junto al arquillo del pan, como era natural, después los hortelanos con sus cestos de verduras, sacos de algarrobas, lentejas y garbanzos y lebrillos con alcaparras, aceitunas y toda clase de encurtidos. Los judíos más pudientes montaban sus tenderetes de telas, los más pobres ofrecían sus servicios para reparar el calzado o la ropa. Allí se establecía todo aquel que tenía algo que ofrecer en una feria, pero lo primero que se descubría al entrar era un intenso olor a comidas, especias y perfumes. Se podía tomar agua con miel y albahaca o comer un dulce, unas perrunillas o pan de higo.

La gente se apretujaba delante de los puestos tratando de mirar, tocar y probar la calidad de todas las mercaderías para luego regatear. Los vendedores, en el estrépito de voces, enronquecían pregonando los productos y, aunque procuraban refugiarse del sol bajo los soportales, les corría el sudor por las frentes brillantes.

Acudió Gutierre con el criado, que llevaba maniatada con una soga a mi abuela con Ysabel en brazos. En una operación bastante rápida compró a una negrita, decían color amembrillado, que tendría unos once o doce años. Tenía buena voz, pero no sabía hablar nuestra lengua y no se la entendía cuando parecía que hablaba, casi como dando gritos raros.

Al poco de firmar el contrato de compra en un escribano y pagado el importe, se oyó el sonido de la corneta del alguacil numerario, encargado de actuar en los eventos como las ferias, e hizo callar a todas las gentes. Algo importante tendría que decir en nombre del alcalde mayor:

—Habiendo sido informado de las inquietudes que está causando en estas tierras de Extremadura una banda que roba en despoblados y en poblados de poca vecindad, asalta, ejecuta venganzas, odios y enemistades haciendo sufrir a los pueblos, a los caminantes y comerciantes. La cuadrilla de bandoleros está comandada por los hermanos Bartolomé Manzano y Gil Manzano, naturales de Serradilla, y por Esteban Navarro, vecino de Santibáñez, siendo un total de doce hombres de diversos pueblos. Se pone en conocimiento de los presentes que deben tener cuidado y no ceder ante las pretensiones de los malhechores.

Así como deben saber que están obligados a detenerlos, si hubiera lugar a ello, y que cualquier persona puede libremente ofenderlos, matarlos y prenderlos. Se obligan también a dar conocimiento a las autoridades de los lugares en donde puedan estar escondidos, ya que son delincuentes fugitivos de la justicia, en nombre del rey y de Dios Nuestro Señor.

El silencio duró unos segundos, pero enseguida se fueron alzando las voces airadas de unos y apesadumbradas de otros. Todos los compradores estaban perturbados y los vendedores más asustados, pues estos últimos tenían miedo de que les robasen el dinero de las ventas al volver a su casa. Unos decían que habían matado a tres hombres y violado a tres mujeres, algunos que sabían a ciencia cierta que mataron a diez y violado a cinco. No se sabía con exactitud qué habían hecho, pero sin duda eran un peligro.

La gente, al terminar sus compras, comenzó a salir en tropel y se dirigía por la calle Tetuán hacia el arco del Cubo y, una vez pasado este y atravesada la muralla, entraban en la iglesia del convento del Rosario de los frailes dominicos para postrarse de rodillas ante la imagen del Cristo milagroso y pedir que no le salieran los bandidos a su paso.

Hacía pocos años que Zafra había encargado dos imágenes de Cristo crucificado, una para la iglesia de la Candelaria y otra para la del convento del Rosario. Cuando estas llegaron, los curas de la Candelaria vieron que una de las imágenes venía con un brazo roto, así que ellos cogieron la buena y entregaron al convento la que tenía el brazo roto. Cuando los frailes del convento abrieron la caja, la imagen ya no tenía ningún desperfecto por lo que se la considera muy milagrosa.

Gutierre compró un pan grande y, estirándose, una escudilla de aceitunas de las que comieron todos. Mi abuela arrancaba la carne de las aceitunas con sus dientes y se las daba a mi madre para que no se ahogase con el hueso y ella casi no comió por darle a la hija.

El tratante pasó de milagros o leyendas y, dejando el bullicio atrás, volvió con la negrita y mi abuela al carro que había dejado fuera de las murallas. Llevaron a las mulas hasta una encrucijada de calles, a beber al pilar del Mulero, o San Benito, que por los dos nombres se le conocía. El pilar más grande que mi abuela había visto y que daba agua a una hospedería, también enfermería, que había en una de las calles cercana.

HACIA CORIA

La salida de Zafra fue precipitada por el anuncio de que los bandidos andaban por las cercanías. Algunas almas buenas creían que eran gentes que robaban a los ricos para dárselo a los pobres, pero en realidad no era así. Gutierre comentó que en su vida pasada ya había tenido un encuentro con ellos del que salió sano y salvo de milagro.

Eran gentes que huyen de la pobreza o escapan de la justicia por algún delito que hubieran cometido o simplemente porque prefieren esta vida violenta de acoso a los demás antes que tener un trabajo como el resto de la sociedad. Se acercan a los pueblos y a las vías, pues conocen a la perfección los caminos llanos, los angostos y las veredas. Aparecen y desaparecen por ensalmo, su rapidez es lo que los salva de ser detenidos. En los pueblos piden dinero o lo que tengan a los vecinos para no atacarles, y si no encuentran nada los asesinan. Pueden llegar a ser muy crueles, sobre todo si les haces frente, por lo que encontrarse con ellos es un drama en el que peligra la vida y amargan a los comerciantes, los ganaderos y los viajeros.

Pero mi abuela y mi madre habían tenido suerte. Llegaron a Mérida en donde hicieron noche. Cruzaron el río Guadiana, que tenía una isla en medio, por un puente ancho y largo que habían construido los romanos. El Guadiana les recordó el Guadalquivir por su anchura y por las aguas que llevaba, aunque ya era verano.

Conservaron el camino hacia el norte y pasaron cerca de una extensión grande de agua.

—El pantano de Proserpina —informó Gutierre, que conocía el camino de tantas veces como lo había hecho—. Dicen que también lo hicieron los romanos.

—¿Los romanos? ¿Quiénes eran? —preguntó el criado.

—¡Y yo qué sé! Unos hombres muy antiguos.

Siguieron entre dehesas. El camino era bueno y sin contratiempos, la amenaza de los bandoleros cada vez estaba más lejos. El terreno era llano, pasaron una aldea y poco después se divisó una ermita.

—Pronto llegaremos a Cáceres y allí dormiremos —dijo el tratante.

—Allí se adivina el caserío —respondió el criado.

—No, que aquello es Aldea del Cano, y esta es la ermita de Santiago de Bencáliz.

Tranquilos caminaban dejando a su derecha la pequeña iglesia. Campo abierto, ni montañas ni bosques que se prestaran para ser guarida de malhechores cuando, sin saber de dónde salieron, los rodearon seis bandidos gritando. Lo eran, lucían espesa barba desde una patilla a la otra; escondían el pelo bajo un pañuelo cuyas puntas caían a la espalda; encima del pañuelo el sombrero calañés; jubón, calzón y faja. No había duda, un cinto sostenía un cuchillo y, con el brazo izquierdo sujetaban sobre el hombro un arcabuz de esos que desde distancia corta podían dejar seco a cualquiera. Solo verlos infundían terror.

A los gritos, las mulas se encabritaron levantando las patas delanteras y, con sonidos agudos, relincharon. Uno de ellos, imberbe, se adelantó y, desde su caballo, se apoderó de las riendas que sujetaban a los animales y pararon el carro.

Gutierre tartamudeó:

—¡La Tutarra! Dios nos ampare y me perdone si muero.

En un par de segundos, mi abuela se dio cuenta de que era una mujer la que, oprimiendo su caballo por los lomos con los muslos, sujetaba las mulas por el correaje de las cabezas, mientras otro bandido se acercó y las separó del carro.

Gutierre, medio desmayado, comentaba para sí:

—La Tutarra, una que perdió su honra y se dedica a vagar por el campo asaltando a los viajeros, incendiando, asesinando y odiando a los hombres. Lo peor que me podía pasar.

Una vez desenganchadas las mulas, se acercaron al carro en donde todos estaban tumbados boca abajo; mi abuela, abrazando a su hija, contemplaba todo a través de las junturas de las maderas y de la red de cuerdas del suelo, mientras sentía que se le helaba la sangre en las venas.

La Tutarra empujó a Gutierre con el arcabuz y le hizo darse la vuelta, boca arriba lo dejó.

—¡La plata y la comida! —exigió la bandida.

Gutierre parecía que no se enteraba de lo que le decían, la bandida le gritó más fuerte:

—¡La plata te he dicho!, ¡hijo de la gran puta! —Poniéndole el arcabuz en la tripa.

Él, con las manos temblorosas y lloriqueando, señaló los sacos de comida y se echó mano a la faltriquera sacando unos maravedíes y dos o tres escudos.

La Tutarra cogió el dinero. Dos hombres ataron las mulas a sus caballerías y se lanzaron al galope dejándolos sin dinero, sin mulas y con el cuerpo descompuesto.

Gutierre, cuando se puso en pie, comenzó a llorar fuerte y a dar patadas a las piedras.

—¿Cómo voy a solucionar esto, Dios mío? —gritaba.

—Iremos andando hasta esa ermita o hasta esa aldea y pediremos socorro o limosna, no hay otra forma de arreglar esto —determinaba el criado—. No hay que dejarse acobardar.

Ahora Gutierre no se las juraba a los bandidos, él tan amante de cagarse en todo lo que le fastidiaba.

Pasados unos minutos, que parecieron horas, se oyó cabalgar más fuerte que antes. Se acercaban por delante al menos treinta hombres que levantaban una gran polvareda.

Mi abuela sentía como si el corazón se le saliera del pecho y, conteniendo el aliento, sujetaba con fuerza a Ysabel para que no levantase la cabeza. No podía ser, ¡otros bandidos! En décimas de segundo pasó de desear la muerte para ella y la niña, así morirían juntas y dejaría de sufrir por el futuro de ambas, a angustiarse por saber que podían morir ya, que su fin había llegado.

—Mientras todo pasaba, me encomendé a Dios y, no encontrándolo suficiente, a Alá también. Estaba convencida de que el fin había llegado y nuestros cadáveres se iban a quedar tirados en el camino —me narraba la pobre.

Se acercaron y varios descabalgaron. Gutierre, de rodillas, les pedía ayuda. Mi abuela no sabía lo que pasaba, pero todos iban vestidos con un sayo[7] de lana que fue blanco en su día con mangas anchas. Una cruz roja en el pecho, calzas rojas, casco de hierro en la cabeza, un arcabuz en el brazo y una espada colgaba del talabarte[8].

Aquellos uniformados eran una compañía de la Santa Hermandad que trataban de mantener el orden en los caminos y descampados librando a los viajeros de los muchos robos que había. El tratante les explicó lo que les había pasado. El capitán dejó a tres hombres con los viajeros y el restó galopó en la dirección que habían tomado los salteadores.

Ataron unas sogas al carro y estas las sujetaron a dos de los caballos y, mal que bien, guiados por el tercer

[7]Prenda de vestir holgada y sin botones que cubría el cuerpo hasta la rodilla.
[8]Cinturón de cuero del que cuelga el sable o la espada.

hombre a caballo, consiguieron acercarse a Aldea del Cano. En aquel lugar, por suerte, había una posada. La posadera, vieja y arrugada, vigilaba unos pucheros que estaban al fuego sobre la leña. No tenían hambre, solo sed, pero les apañaron unas migas hechas con su aceite de oliva, ajos y chorizo que les compusieron el cuerpo.

Al anochecer volvió el resto de la compañía, traían un caballo con uno de los suyos muerto encima y las mulas de Gutierre. Dijeron que les habían asaltado la Tutarra y la Pozas. Que al encontrárselos estaban agazapados en un bosque bajo y dispararon contra ellos muriendo el compañero. Al disparar los de la Santa Hermandad, siendo tantos, los salteadores huyeron dejando las mulas, probablemente porque les entorpecerían la huida. Las mulas eran buenas para la carga, pero no para huir galopando.

Los que andaban en la posada comentaron que esas mujeres, la Tutarra y la Pozas, en compañía de la Turca y la Gaga, se habían movido siempre por el puerto de la Serrana, entre Trujillo y Plasencia. Sin embargo, parecía que andaban cambiando de costumbres y se habían presentado por aquellos lugares dos veces. La primera, habían asesinado a un pastor porque quiso impedir que le robaran algunas ovejas. La segunda, se les entregó todo lo que pidieron. Habían oído que ayudaban a otros salteadores de caminos.

En la posada uno se arrancó:

Allá, en Garganta la Olla
en la Vera de Plasencia
salteóme una serrana
blanca, rubia, ojimorena.
Trae el cabello trenzado
debajo de la montera y
porque no le estorbara
muy corta la faldamenta.

¡Cómo estaría Gutierre que al ver las mulas pidió vino!, algo que nunca había hecho. Los dejaron dormir en un corral.

A la mañana siguiente, nos dijo el tratante que nos íbamos a pasar por Cáceres para avisar a las autoridades de nuestro encuentro con los salteadores de caminos. Después, por el miedo de volver a encontrarse con ellos y pensando que los hombres de la Santa Hermandad ya habrían dado cuenta de ello, decidió alejarse del lugar a toda prisa.

Así que cuitados, temerosos y con poco ánimo continuaron su camino hacia el norte. Pasaron cerca de Cáceres e hicieron una parada en Casar de Cáceres. Por miedo a los bandidos, recorrieron el camino lo más rápido que podían. El segundo día durmieron en Cañaveral de Alconétar, que se les antojó pueblo grande, aunque se arreglaron para echar una cabezada en los soportales de la plaza porque no encontraron lugar más apropiado. Al volver el alba, se levantaron y prontos se auparon al carro. Subieron y bajaron montes, hondonadas y dehesas hasta encontrar la fuente de El Palancar.

—En aquel lugar encontramos un convento que habían construido hacía pocos años. Por mucho que te imagines un convento pequeño, nunca te podrás hacer idea —me contaba—. Mira, ¿ves esta cocina? Pues en el tamaño de ella había un claustro, una cocina y una capilla.

—Imposible, abuela.

—Sí, niña sí. ¿Por qué te iba a mentir? Y dijeron que el que lo había fundado, un tal Pedro de Alcántara, no tenía cuarto, ni cama ni colchón, que dormía sentado debajo de una escalera y apoyaba la cabeza en la parte de atrás de un escalón.

Luego bajamos a un pueblo que se llamaba Pedroso.

Por el camino hacia Coria resplandecía el sol de finales de junio. Las lluvias de la primavera convertían el campo en un mosaico de verdes, aún faltaba mucho para que se agostara con los calores del verano. Encinas, alcornocales y acebuches, árboles que resisten el frío del invierno y la sequía del verano, se diseminaban aquí y allá por el campo. El ganado, vacas, ovejas y cabras, pastaba entre ellos. Después de cinco días desde que salieron de Zafra, cruzaron varios arroyos que riegan olivos, viñas y melonares. Feraces campos de cultivo.

LIBRO II

EN EL HOGAR DE LOS AMOS

CORIA

El carro rodaba suave por el camino de la llanura que se dibujaba entre los árboles, después una leve cuesta, un par de curvas a la izquierda, una más a la derecha y detrás de un otero, subida en un cerro que dominaba la llanura, la urbe.

La catedral se elevaba sobre la muralla y más a su izquierda una gran torre de palacio. Aquella ciudad sería Coria, la ciudad en donde nací y hoy bien conocida por mí.

En el exterior de las murallas, unas barrancas caen pendientes sobre el río Alagón, que lleva abundante agua, en las orillas algunos molinos. Un puente de cantería para cruzarlo, dicen que romano. En la superficie del río, como si fuese un espejo, se refleja el puente, ancho, largo y con cinco ojos.

Dicen que Coria nació antes de que llegaran los romanos y que sus habitantes fueron belicosos, rebeldes e insurrectos contra las autoridades romanas. ¿Qué personajes la visitarían en aquellos tiempos remotos? ¿Legionarios, generales, emperadores?

Cada vez más próximos, los lienzos de la muralla cercan la ciudad. Formada por grandes bloques de piedra unidos sin cal, algunos con inscripciones romanas, columnas, molduras y cantos rodados. El muro por unos lados dibuja líneas rectas, por otras quebradas, adaptándose al terreno. Torres, cuatro puertas y un postigo. Muchas casas y corrales se apoyan en esta mole, algunas torres hoy se han convertido en viviendas.

Mas tarde los alanos y los suevos sembraron el terror y se recreció su defensa, ¡hasta tres metros de anchas en algunos lugares! El interior de las murallas debía cobijar a todos sus vecinos y a los que venían a refugiarse huyendo del campo.

Una vez que el carro cruzó el puente, pasaron bajo el arco de una puerta, el Postigo del Río, siguieron a la izquierda y se asomaron a una gran plaza, allí una iglesia, la catedral. Mi abuela recordaba la catedral de Sevilla y dice que casi se la asemejaba, pero en más pequeña. Muy cerca una casa con un gran portalón, después un pequeño callejón que la separaba de un palacio, el de los duques de Alba. Gutierre se dirigió a la casa, pero, en vez de llamar a la gran puerta, dobló por el callejón y llamó a una vieja portezuela que daba a un corral, pegada a la muralla. No abrían, dio una voz. Apareció una vieja con apariencia de sirvienta y se quedó mirando:

—¡A la pa de Dios! —mascculló Gutierre, secándose el sudor de la frente con la manga.

—Ya me parecía, el tratante de esclavos —respondió la vieja, de nombre Silvina— ¡Señora!, ¡señora! ¡Doña Catalina, que está aquí Gutierre el de los esclavos! —alzó la voz dirigiéndose hacia una puerta que daba al interior de lo que parecía una cocina.

Un par de minutos después apareció doña Catalina, la señora de la casa. La señora de Carvajal.

—¡Dichosos los ojos! Ya creía que no venía.

—No sabe usted cómo está el mundo, cómo está el mercado y los caminos de Dios. La de dificultades que he pasado, una rueda del carro quebrada, una parturienta con un brazo mancado y, por último, unos bandidos en el camino. ¡Está el mundo que ni pa mirarlo!

—¡Ande, ande, no se queje tanto! Pase, pase usted a la cocina con esta mujer y a ver si me trae lo que le encargué, que Silvina ya está para pocos trotes.

—Oro molido, doña Catalina, ya verá cómo me lo agradece. Cocinera, repostera y limpia como una patena. Claro que ahora la ve usted sucia por el polvo del camino, ¡que llevamos un mes!, pero eso con un buen estropajo se pasa.

—A ver si es verdad, que soy muy exigente. Lo que sí veo es que trae una niña. ¿Es su hija?

—Una muñequita de dos añitos y medio, la niña, como usted me pidió, para que jueguen sus hijos con ella —respondió Gutierre, agachando un poco la cabeza y sonriendo con actitud melosa—. ¿Y qué me dice de la negra, doña Catalina? Doce años, de color amembrillado, de buen cuerpo y buena de salud. Lo mejor que he encontrado en el mercado, excelente para los trabajos más duros —continuó alabando las posibles virtudes de la negra.

Mi abuela, mientras los demás hablaban, echó una mirada. Lo que al principio le pudo parecer un corral en realidad era un patio, y en él estaban plantados un olivo y un laurel. En un rincón del fondo, separado por unos alambres, un pequeño gallinero con unas gallinas picoteando en el suelo, una caja con dos perdices, que al instante comenzaron con su guteo, «gu-gu, gu-gu», y otra con varias codornices, que al oír a las perdices no quisieron ser menos y se les oyó «piii, pi-pi, piii, pi-pi», y una jaula con un azor de color azul grisáceo. Sobre unas tablas, en alto, una conejera de la que asomaban unas zanahorias y unas hojas de berzas recomidas. Allí, como mínimo, había huevos y carne de conejo. Si todo iba bien, al menos su hija tendría qué comer, pensó.

Pasaron a la cocina, el lugar de trabajo para lo que seguramente iba a ser el resto de su vida. Le pareció asombroso, un fuego grande con trébede, una pila profunda y una mesa de madera lijada con taburetes de tres patas. Útiles de trabajo, paños de cocina y unos vasares con platos, tazones y cubiertos. Olía a pan y cocido de garbanzos con verduras, en una fuente de loza brillaban un montón de higos frescos. Allí no faltaba de nada para alguien que le gustase cocinar y tuviese hambre.

Mientras mi abuela sujetaba de la mano a mi madre

pensaba que, dentro de lo malo, aquello parecía una buena casa y había qué comer. Reflexionó sobre la situación y caviló que debía mostrarse dócil y obediente para no perder la ocasión de tener un sustento y estar bajo techo. Al fin y al cabo, había perdido a sus padres, hermanos y sabía que su marido estaba muerto. ¡Qué iba a hacer ella en la vida! Aunque pasados los años me decía aquello de que, si yo podía ser libre, lo fuese. Que una mujer esclava era lo peor que había en la vida, pues se encontraba sometida al dominio de otra persona por un contrato de compra.

No voy a caer en reflexiones ahora que estoy describiendo la llegada de mi abuela y mi madre a Coria, seguiré con lo que iba narrando.

Abundante era la población en agua fresca y clara, el abastecimiento viene de los arroyos que bajan de la sierra de Gata dando lugar a una gran fuente. ¡Cuántas veces he ido con la cántara!, pero eso es algo que explicaré más tarde. No es el caso de que adelante acontecimientos.

Como iba diciendo, por aquí pasaron reyes y emperadores cristianos reconquistándola varias veces de manos de los musulmanes de Córdoba. Alfonso VII el Emperador, Abderramán y muchos más luchaban por poseer la ciudad fortificada. Al fin fue cristiana, se alojaron judíos que huían de las persecuciones y después moriscos, como yo, deportados de Granada y de Málaga. Así este lugar fue de grandes y diferentes culturas.

Pasado poco tiempo, mi abuela se dio cuenta de que la familia que la compró era muy religiosa, sobre todo el señor, Alonso Carvajal, regidor de la villa, de misa y comunión diaria, cuyo abuelo había sido un platero establecido en Plasencia. Algunas malas lenguas decían que había tenido negocios con judíos. Esto se callaba porque, aunque cristiano y trabajador, era mejor no tener líos con la Iglesia. La gente es muy mala y envidiosa y, sin motivo, te denuncian ante el tribunal de la Inquisición.

Los señores hablaron con Gutierre sobre el precio, le entregaron el dinero establecido y el tratante los papeles de la venta. Doña Catalina dijo a Silvina que les enseñase a las nuevas esclavas la habitación y las instruyese en las costumbres de la casa y el trabajo que se les encomendaba; a la que llamaron negra, pues no se conocía su nombre, poco le podía explicar, pues ya he dicho que era bozal[9] y no entendía nuestra lengua.

—¡Y lo primero, que se bañen las esclavas!, aunque no sea domingo. Yo buscaré ropa que ya no uso para que tiren esos andrajos que llevan y se vistan al uso de Castilla —ordenó—. ¡Y las tocas fuera, que se aireen los piojos!

Silvina las volvió a sacar al corral, llenó una tina de barro con agua de dos cántaras y las hizo desnudarse y meterse. Menos mal que hacía bastante calor. Mi abuela decía que se puso a llorar y con ella la niña; pasó mucha vergüenza de tener que desnudarse delante de la vieja y oír referirse a sus ropas como andrajos, aunque ella sabía que estaban sucias ellas y sus vestidos. Primero se quitó la marlota[10] de paño negro, después el sayo morado, luego la camisa y por último la toca. Si toda la ropa estaba sucia y con jirones, la toca, que había sido de seda azul, además de sucia, deshilachada. Comentaba que al quitarse la prenda de la cabeza se sintió desnuda.

La negra se metió en la tina después y se bañó la última.

Una vez bañadas, Silvina calentó vinagre, cogió unas tijeras grandes de la cocina y las dejó a las tres casi rapa-

[9] Esclavo negro recién llegado a España que no habla la lengua española. En contraposición, ladino, que sí conoce la lengua.
[10] Vestidura morisca de mujer que se ciñe y ajusta al cuerpo.

das, después les aplicó el vinagre caliente y diluido en agua por las cabezas para desprender las liendres, si había. Así que mi abuela se sintió horrible cuando se vio, de medio lado, reflejada en un espejo pequeño que había en la cocina.

Al poco, apareció la señora con unas camisas que llegaban hasta la rodilla y unas enaguas para llevar debajo de unas batas que entregaron a mi abuela y a la negra. También traía bastante ropita de niña para mi madre, la que habían dejado pequeña sus hijas. Toda la vestimenta era a la castellana y, aunque aquellos vestidos no le gustaban, mucho se animó viendo a su hija con tanta ropa, incluso siendo muy diferentes a la que llevaban en Granada las mujeres y las niñas moriscas.

También hubo ropa para la infeliz negra. Mi abuela se había fijado desde el principio en que la negrita tenía unas señales en las mejillas como hechas con hierros candentes sobre la piel. Aquello la intrigaba, aunque sabía que en África algunas tribus tatuaban a sus miembros para diferenciarse unas tribus de otras. Más adelante, cuando tuvo confianza con Silvina, esta le explicó que las señales de la adolescente las hacían al llegar a España. Les marcaban en un lugar visible una «S» y una «I», que quería decir algo así como «sine iure», que no sabía exactamente que era aquello, pero que la gente lo llamaba esclavo. En resumen, explicaba que no eran libres de hacer lo que quisieran, sino que pertenecían como esclavos a algún propietario.

Una vez que terminó el aseo, a mi madre le dieron un currusco de pan blanco y mi abuela me decía que se emocionó tanto que se le puso un nudo en la garganta, ¡ver a su hija comiendo un trozo de pan candeal blanco como la leche!

La vieja criada les enseñó su habitación y al entrar una gallina saltó huyendo por el ventanuco; la alcoba era pequeña, pero parecía limpia, recién pintada y el suelo estaba embaldosado. Allí dormirían las tres en tres camas con jergones rellenos de paja. El ventanuco era pequeño y desde él se veía el laurel. Unos estantes de madera para poner la ropa y unos percheros en la pared, mi abuela y la negra solo tenían lo que acababan de darles. Silvina dormía sola en otro cuarto más pequeño, pared con pared con el suyo, y tenía una maceta de albahaca en la ventana. ¡Qué recuerdos de Granada!

Una vez que se instalaron, se sentaron en la cocina y Silvina repartió los trabajos. Seguidamente comenzó la labor. Antes de anochecer, mi abuela puso agua en una olla que colocó sobre la trébede, después peló un montón de ajos y poco a poco se fueron cocinando unas sopas de pan a las que Silvina añadió un huevo por persona. La comida fue igual para todos y mi querida abuela tuvo sentimientos encontrados.

Cuando se acostó estaba triste, sabía que no volvería a ver a nadie de la familia, estaba sola, abrazaba a mi madre y, aunque era tan pequeña y una fuente de responsabilidad para ella, sentía que era lo único que la unía al mundo anterior. Por otro lado, ver comer a su hija y sentir que ella también tenía el estómago lleno la hacía sentirse contenta. Aquella noche oyó los gallos cantar y vio amanecer, era imposible dormir con tantas emociones.

A la mañana siguiente, como casi todas ya en su vida, lo primero fue encender el fuego de la cocina. Cuando Silvina se levantaba del catre, ya había venido el lechero y el panadero. La leche ya había hervido y estaba presta para ser servida. Después, todo el mundo a su trabajo.

Los señores de Carvajal, don Alonso y doña Catalina, ya no cumplirían los treinta y cinco años, tenían tres hijos, la mayor, Leonor, como la abuela materna, con quince años. El segundo, Pedro, como el abuelo materno, con diez años, y la pequeña, Sagrario, con seis. Don Alonso tenía puestos los ojos en su hijo, tenía que ser alguien importante, más que él, si es posible, un cargo eclesiástico. Había que aparentar y demostrar que eran buenos cristianos y los más piadosos y ocupar altos cargos, aunque a veces pensaba que no convenía levantar envidias.

Formaban parte del hogar la criada Silvina y las nuevas esclavas, y estaba regido por la autoridad del marido y padre de familia, don Alonso, al que todos debían sometimiento y obediencia. A su vez él les proporcionaba el sustento y adoctrinaba en la fe cristiana.

Don Alonso había estudiado Derecho Civil en Salamanca y ejercía como regidor acudiendo todos los días al ayuntamiento. Aunque no era el corregidor, su labor era importante y reconocida por el resto de los vecinos. Debía acudir a todas las sesiones que se organizaban para la buena marcha de la ciudad y procurar que la vida de los caurienses fuese productiva y apacible.

Doña Catalina, futura baronesa, pues era la única hija de los barones de Guijo de Coria, procuraba vigilar para que todo en el hogar fuese correcto. Que la educación de sus hijos fuese la adecuada para una familia como la suya. Las niñas deberían estar preparadas para contraer un buen matrimonio con algún noble y el niño para los más altos puestos que pudiera alcanzar. La familia debía dar ejemplo al resto de vecinos y procurar que no se encontrase una tacha en su vida que pudiera ser criticada. Lo más importante era procurar que sus costumbres fuesen las adecuadas y tuvieran el visto bueno del resto de la ciudad.

Doña Catalina sabía camelar a su marido para llevar ella el mando y orden en la morada y decidir lo que se hacía y cuándo. Don Alonso estuvo de acuerdo con su mujer en contratar un tutor para que instruyese a su hijo en matemáticas, lengua, historia y latín. Las niñas, sobre todo la pequeña, Sagrario, se interesaron por lo que aprendía su hermano y se sentaban a la misma mesa y escuchaban las lecciones. La mayor en pocos años se casaría, pero a la pequeña, que todavía no pensaba en el matrimonio, se le despertó el ansia de leer.

Mientras, las esclavas atendían a sus quehaceres, la negrita, que nadie sabía cómo se llamaba y atendía por «Negra» fregaba los cacharros, los suelos e iba al lavadero con la ropa, allí se le enrojecía y desollaba la piel de las manos con el agua fría y el restregado. Obedecía en todo, pero a veces derramaba lágrimas y no había forma de hacerla parar. La señora de la casa apareció un día en la cocina alertada por la forma tan lastimera en que lloraba y, aunque le preguntó el porqué, ella no contestaba y seguía llorando. ¿Cómo iba a contestar si no conocía nuestra forma de hablar? Entonces la señora la regañó y le dio una bofetada. Mi abuela, apenada al verla tan mal y que la señora la podía castigar, se la llevó al dormitorio y abrazándola la calmó.

Por las noches, cuando Silvina ya se había acostado, mi abuela trataba a la Negra como a otra hija. La abrazaba y le masajeaba las manos con una cucharada de aceite de oliva, se las secaba por la palma y le mejoraban dos o tres días hasta que volvía al lavadero con otra tanda de ropa.

Mi abuela abría las ventanas y balcones para ventilar y hacía las camas, mientras la Negra barría y fregaba los suelos. Más tarde mi abuela ayudaba en la cocina a Silvina, aprendiendo las costumbres y los gustos de la casa. La Negra salía a baldear el patio, limpiar el gallinero y la jaula de los conejos. Ysabel, ya casi con tres años, siempre debía estar aseada y con las manos limpias, disponible para cuando los hijos de los señores terminasen su clase pudieran jugar con ella si querían, especialmente los dos pequeños.

Silvina, que ya estaba muy achacosa, se encargaría de la comida.

Una noche doña Catalina fue a la cocina y le pidió a mi abuela una infusión de hierbaluisa y tila, ya que se encontraba algo nerviosa. En cuanto la tisana estuvo fue a servírsela al comedor. Según se acercaba escuchó que hablaban de esclavas y, claro, prestó atención por si tenía que ver con ella o con su hija. Los esclavos siempre tenemos miedo de ser vendidos o separadas las familias y estas circunstancias nos hacen estar alertas.

—Cuéntame, Alonso, qué ha pasado con el alguacil de ese pueblo cercano a Mérida, que está todo el pueblo hablando del asunto.

—Que se murió su esclava por tanto daño que le hizo el mucho vino que bebía.

—¡Pobre! ¿Y no supo su amo enmendarla?

—Todo lo contrario, se embriagaba por su culpa, la desgraciada lo pasaba tan mal con sus insultos y sus palos que debía beber para olvidarse de su propia vida. Después de muerta llegó a oídos de la Justicia, aunque esta estaba de allí a tres leguas, lo que había pasado. Los corchetes prendieron al amo y un testigo dijo que siempre la estaba amenazando, que aquello no era vida. Y, claro, hasta se permite que se corrija de cierta manera a los esclavos que no aprenden o no quieren obedecer, pero atentar contra su vida..., eso está muy mal. Eso no es cristiano y diría que hasta es pecado. Si un amo no está conforme con lo que espera del esclavo, mejor venderlo o regalarlo al rey para que lo envíen a las minas o a las galeras.

—Mira que verse así por culpa de una esclava —contestó la señora entre dientes.

—Catalina, hay que ver las dos partes, no seas así.

Aquella conversación hizo que mi abuela se afirmase en la opinión de que era mejor obedecer a las personas buenas con las que había caído, porque conllevaba calor, comida y estar con su hija. Al fin y al cabo, era libre de obedecer si creía que era bueno para ellas.

LA VUELTA DE GUTIERRE A FUENTE DE CANTOS

Me contó mi abuela, como siempre, que una vez arreglado el precio y cobrado el importe de las esclavas, Gutierre se despidió. Pensó que quizá ya no vería más a aquel indeseable, pero tres años después llamó a la puerta preguntando por la señora de la casa. Se interesó, el muy astuto, si estaba contenta con la mercancía y se ofreció por si necesitaba más adelante algún otro esclavo. Era su modo de vida.

La señora dijo que le sirvieran algo de comer y mientras contó cómo había sido su vida en esa temporada. Mi pobre abuela, aunque no le podía ver, aguantó y se enteró de cómo le había ido la vida a la familia de los Talaverano y a su vecina Juana.

Cuando se marchó de Coria la primera vez, después de dejar a mi abuela y a mi madre, emprendió el camino hacia el sur volviendo a cruzar las aguas del Alagón y en dos días se plantó en Cáceres. La ciudad había crecido mucho en los últimos años del siglo anterior, poseía innumerables palacios y casonas. Los edificios lucían escudos, balcones de matacanes y grandes portalones que adornaban sus fachadas. Todavía las gentes, nobles, hidalgos y bachilleres, querían construir sus casas a cuál mejor, por lo que seguían siendo necesarios hombres que conocieran ciertos oficios. Allí le retuvieron unos encargos de gente conocida para la compra de esclavos moriscos que trabajasen como albañiles, cerrajeros y yeseros en varias casas señoriales y en la iglesia de San Mateo. Esta iglesia, que había sido construida en el solar de una antigua mezquita, la estaban reformando totalmente. Se le había levantado una portada de un estilo nuevo con columnas laterales y unos angelitos encima.

Las entrevistas le consumieron día y medio más de lo que tenía pensado para continuar.

Su interés era llegar pronto a Fuente de Cantos, le interesaba saber en qué quedaba el asunto de Juana y volver a Zafra para ver cómo andaba el mercado de esclavos. Se detuvo en Mérida, en donde también consiguió otro negocio, más pequeño que los anteriores, pero todo es bueno para medrar.

Al sexto día apareció por el hogar de Juan Talaverano y, dirigiéndose a mi abuela, le dio noticias de Juana. En realidad, le contó bastante pues cada vez que pasaba por esa ciudad se acercaba a saludar a los señores y sabía bastante de su vida.

Esa primera vez observó que la señora le recibió con cara de no hacerle gracia su visita, pero había que aguantar por el asunto que tenía pendiente.

—Mire, Gutierre, pase y vea a Juana a ver si usted cree que está para viajar. Lo ha pasado mal, muy mal, incluso tuvo fiebre cuatro días y pensamos que eran las fiebres que se llevan a tantas mujeres después del parto.

—No exagere, señora, no sería para tanto. Estas mujeres son muy fuertes.

—Gutierre, ¡no me lleve la contraria que lo he visto con estos ojos! Al día siguiente ya tuvo fiebre y los tres siguientes tenía los ojos enrojecidos y parecía que deliraba. Por suerte la partera vino a verla todos los días y nos dijo que estaba anémica. Buscamos una mujer que diera de mamar al niño y parece que no ha sufrido mucho, pero ella... parece que se está recuperando comiendo carne y fruta todos los días. ¿Qué le dio usted de comer en los días del viaje?

—Pues señora, lo que hay en el camino y puedo permitirme, que no soy rico.

—¡Es su negocio, oiga!, así no se trata ni a los esclavos ni a los animales. Usted se arregla ahora con Juan sobre el contrato, pero esta mujer no sale de aquí.

Los primeros días nadie daba nada por ella, pensaban

que se moría, sería por las fiebres, pero ni siquiera quería comer. La obligaban a tomarse un huevo cocido por la mañana y otro por la noche, le decían que cada huevo era una gota de sangre para su cuerpo. Con los huevos y un par de higos pasó los primeros días, luego, cuando la fiebre desapareció, le hacían comer un poco de carne cada día y aquella costumbre que tenían los moriscos de no tomar carne de cerdo se fue olvidando.

Juana, por su buen carácter y su interés por todo, se estaba ganando la simpatía de los Talaverano. Había dado a luz hacía trece días, las fiebres habían remitido, la sentaban en el patio trasero, que en realidad era un porche grande que daba a una huerta ajardinada. Le ponían al niño en sus brazos y con la presencia del hijo se alegraba mientras contemplaba las higueras, los ciruelos y los perales.

Un día que la señora contemplaba la huerta con el niño en los brazos, Juana comentó:

—Señora, ¿aquellos árboles del fondo son manzanos camuesos?

—Camuesa de verano, traídos del puerto de Béjar —respondió—. ¿Cómo es que los conoces?

—Porque alguno hay en mi tierra. Allí decimos «sano como una camuesa». Por dentro tienen una carne de color entre blanco y crema y, bien maduras, un sabor dulzón que se esparce por toda la boca. Las poníamos en cestos y duraban mucho sin que se pudrieran.

—Pues aquellos perales son de Hornachos y se llaman coronilleros, ¿los conoces?

—No, señora. No los había visto nunca. Me gusta mucho todo lo que veo. ¡Aquellas habas qué ricas deben de estar!

—Ya se está pasando la temporada, pero hemos comido muchas.

—Señora, usted aquí no tiene un huerto, ¡tiene un vergel! Nunca he visto tal variedad de árboles frutales, verduras y flores. En cuanto usted me diga que puedo trabajar, me gustaría ayudar a Santos en la huerta. En mi tierra lo hacían los hombres, por los canales bajaba el agua de la sierra y regaba las huertas, pero nosotras también echábamos una mano. Y qué delicia sacar las zanahorias, las cebollas y cortar las acelgas. Hasta limpiar el huerto de babosas u otros bichos y de malas hierbas.

—Ya lo hablaré con el señor para ver si Santos necesita ayuda, pero también quiero que en la casa ayudes a Inés en las labores de la casa. Fregar el suelo, hacer las camas y lo que te mande en la cocina. Somos muchos en la casa, sobre todo a la hora de comer. Éramos seis y ahora tú y el niño, en total ocho personas, y pronto nuestro hijo mayor se casa y trae a la esposa a vivir con nosotros.

A los quince días, aunque estaba bastante demacrada, ya cogía un color sonrosado, los higos, el buen pan candeal y el cerdo que comía le estaba haciendo mucho bien. Había perdido la leche para darle al niño, pero con la leche de otra mujer el niño parecía que también salía adelante. Los aires sanos, el sol y la buena comida estaban beneficiando a los pobres de la tierra.

Comenzó encargándose de atender ella sola al niño, también de lavar y pelar verduras. Un mes después abría ventanas mientras cantaba aires de Granada, hacía las camas y fregaba los cacharros de la cocina. Al atardecer, después de acostar al niño, ayudaba en la huerta abriendo o cerrando los canalillos del agua que se sacaba del pozo, mientras Santos hacía algunas labores más duras.

Cuando llegó septiembre los Talaverano, viendo que todo funcionaba bien en su casa, organizaron el viaje a Sevilla para visitar a su hija, ser testigos de su profesión como esposa de Cristo y firmar algunos papeles necesarios en relación con la dote y la herencia. ¿Viajar en una carreta de comerciantes junto con la lana, el aceite o la sal? En aquellos tiempos el servicio de postas reales que unían las grandes ciudades estaba al servicio del rey y disponía de posadas de tanto en tanto con caballos de refresco. Solo se utilizaban para los viajes de las personas reales o altos funcionarios y enviar la correspondencia real. Para viajar hay que buscarse la vida.

Yo, aunque todavía soy joven, sé lo que es viajar y pasar apuros, he tenido ocasión de conocer los viajes a Fregenal de la Sierra, pasando por Fuente de Cantos, pero me voy a resistir y no voy a adelantar hechos que vendrán después.

Los padres se decidieron a pedir a un familiar de Fregenal que les prestase un coche cerrado, con asientos para cuatro personas, tirado por dos caballos. En el pescante fue el criado Santos llevando las riendas. Debajo de una tabla del suelo del coche, como si de un doble fondo se tratase, llevaron un poco de dinero, pero no la dote que debían entregar en el monasterio de las mínimas, eso era muy arriesgado. Por aquel tiempo, como ahora, viajar con mucho dinero es llamar a los bandidos. La madre se entristeció cuando se dio cuenta de que no podía llevar joyas para aquel acto tan solemne, ni siquiera los pendientes de perlas que le regalaron sus suegros cuando la pidieron para casarse. ¿Y si sufrían un robo? Mejor no llevar nada.

Una vez en el centro de Sevilla, se instalaron en la posada del Lucero, amplia, confortable y famosa. En ella se había hospedado la monja Teresa, esa que reformó el Carmelo. El edificio era moderno con las junturas de mortero de cal, vigas de madera de nogal y los herrajes de hierro. Estaba situada entre la parroquia de San Pedro y la iglesia de Santa Catalina. Lejos de Triana, pero ellos se movían con el carruaje que los acercaba a todos los lugares a donde tuvieron que acudir.

María Hermosa Talaverano, que así se llama la monja, fue admitida como postulanta en Fuentes de León y al trasladarse a Sevilla, con dieciocho años, comenzó el noviciado, una vez que la abadesa y el resto de hermanas la aceptaron.

Tomó la decisión de realizar los votos perpetuos y los padres tuvieron que cumplir ciertos requisitos que les exigía el convento: pagar la dote y firmar la renuncia de la novicia a recibir la herencia el día que fallecieran sus padres en favor del convento, pues ella hacía votos de pobreza.

La dote que pagaron al convento fue en moneda de plata, ciento cincuenta reales de a ocho[11]. La obtención de este dinero fue a través de una carta de pago, a cambio de parte de su ganado, con un agente del banquero Simón Ruiz que tenía su establecimiento en Medina del Campo. Era un hombre de fiar, pues financiaba muchos de los proyectos de Felipe el Segundo. La carta de pago decía lo siguiente:

† En Sevilla a 15 de septiembre de 1569

Pagará don Juan Talaverano a Pedro Miranda, representante de Simón Ruiz establecido en Medina del Campo, el día de Todos los Santos de 1569 la cantidad de ciento cincuenta reales de a ocho, que son los que pago a vuestra merced hoy, más dieciocho reales de a ocho. Si no lo cumpliere, pagará con su ganado.

Pedro Miranda en nombre de Simón Ruiz (rúbrica)
Sevilla 15 de septiembre de 1569

---

[11] 1 real de a ocho = 8 reales. 1 real = 34 maravedíes. 1 real de a ocho = 270 maravedíes. Una gallina costaba 2 reales.

Los padres pagaron a gusto la dote, siempre había que hacerlo, o por un matrimonio con un hombre o por un matrimonio espiritual. La dote aseguraba la vida económica de su hija y un matrimonio con Dios era más importante que uno terrenal. Además, una buena dote era signo de ser ricos y poderosos ante la sociedad.

El día de la profesión acudieron a la ceremonia. Se celebró la misa en la que la hija cantó la carta que había escrito y dibujado de su puño y letra, pues tenía mucha habilidad para el dibujo. Finalizado el Evangelio y la homilía del celebrante, María Hermosa leyó su carta, hizo la señal de la cruz sobre lo escrito y la depositó en el altar. Volvió a su sitio y tras arrodillarse suplicó:

—*Suscipe me, Domine, secundum eloquium tuum, et vivam; et non confundas me, ab expectatione mea*[12].

Después, postrada en tierra entonó tres veces:

– *Kirie eleison, Christe eleison, Kirie eleison*[13].

El celebrante entonó la letanía de todos los santos. La nueva religiosa recibió el hábito, la toca y se comprometió a guardar los votos de pobreza, castidad y obediencia. Los padres se despidieron de ella entre lágrimas y al día siguiente volvieron a Fuente de Cantos.

Sevilla les pareció que debía ser la ciudad más grande y poblada del mundo, pero demasiado alboroto para su espíritu acostumbrado al pueblo. El viaje los dejó completamente cansados a causa del mal estado de los caminos, las camas extrañas y los nervios. Juan le comentó a su mujer:

—Creo que voy a comprarme un carruaje pequeño, tirado por dos mulas.

---

[12]Recíbeme, Señor, según tu palabra y viviré, y no quede defraudada mi esperanza.

[13]Señor ten piedad, Cristo ten piedad, Señor ten piedad.

—¿Y para qué? ¿Quién lo va a conducir? ¿Tú?

—He pensado que puedo ir a Sevilla a vender mis cueros, seguro que saco más beneficio. Lo puedo llevar yo mismo y, cuando me haga viejo, contratar a alguien para que lo conduzca.

En otoño, cuando el niño ya tenía cinco meses, a Juana se la veía recuperada y sana, como no habían esperado verla sus amos. Comía con gusto las manzanas y las primeras verduras de invierno. Por fortuna, y por lo bien trabajada la huerta, en la mesa de Talaverano no faltaban acelgas, espinacas, berzas, zanahorias ni nabos. Así habían crecido sus hijos, ya mayores todos.

LA VIDA COTIDIANA

El tiempo iba pasando, se agotó el verano, el otoño y el invierno pronto abandonaría la ciudad y sus gentes. El carnaval y sus fiestas se acaban de despedir hasta el año siguiente y comenzaba la Cuaresma, cuarenta días de penitencia, ayunos y abstinencia hasta la celebración de la Semana Santa.

En aquellos días en los que la primavera ya se hacía notar, la luz era más dorada, la temperatura más suave y las primeras florecillas silvestres poblaban los campos sembrando de margaritas blancas los prados. La tradición imponía cambios en la alimentación. La carne debía estar menos presente en las mesas y el bacalao sería el rey en las familias que se lo podían permitir. Los pucheros de garbanzos con espinacas y la espina del dicho bacalao. Y los postres, cómo olvidar los dulces que hacía mi abuela, ella que había sido buñolera con sus padres.

Sin dejar a un lado su cotidiano ventilar las habitaciones y arreglar las camas, Ana había pasado a ser el alma de la cocina, tenía tiempo para todo y, por las tardes, se dedicaba a la repostería. Entonces se ponían en movimiento los cuencos, los moldes, las cucharas de madera, la espátula y las tazas con las que medía las cantidades. Solía hacer dulces en los que utilizaba las recetas que le había enseñado Silvina, pero les agregaba algún secreto de la cocina morisca, la de la miel, las especias y la canela.

—Ana, tenemos que preparar los postres de Cuaresma, que ya la tenemos encima —le dijo doña Catalina—. Las torrijas todos los viernes y las empapas en vino, pero con un poco de agua para que los niños no se mareen.

—Sí, señora. ¿Quiere que también preparemos unos pestiños con miel?

—Muy bien, como en Navidad, con un poco de ajonjolí. Con las torrijas y los pestiños ya tenemos bastante.

Siguió doña Catalina dándole vueltas a los preparativos y recordó que el Domingo de Ramos sus hijos debían estrenar ropa. Mandó llamar a la costurera, sacó un lienzo blanco de Holanda y unas puntillas de guipur que tenía en un arcón y les hicieron camisas nuevas.

Una tarde, la costurera le comentó que el Domingo de Resurrección bautizarían a un sobrino que había nacido hacía cinco días.

—Fíjese, ¡qué bonito! Después de encender el cirio Pascual y bendecir el agua… con toda la familia y toda la ciudad presente. ¡Toda la gente va a ver cómo le bautizan!

La señora se quedó pensando. A la noche, cuando fue a su habitación para acostarse, le dijo a su marido:

—De pronto he tenido un pensamiento que me preocupa. ¿Estarán bautizadas estas esclavas? La Negra seguro que no, pues en el contrato de compra ni figura el nombre, así que lo mejor es que la bauticemos. Ya de paso bautizamos a todas.

—Mujer, pero ¿cómo vas a bautizar a la madre y a la hija si ya están bautizadas? ¿No se llaman Ana e Ysabel?, pues son nombres cristianos… —añadió el marido.

—Mira, mira, no me líes, que daño no les va a hacer y yo me quito un cuidado de encima, ¡que si luego se mueren y se van al Limbo…! —respondió doña Catalina—. Además, Alonso, las bautizamos el Domingo de Resurrección, ¿no te das cuenta de que es el domingo en que Cristo resucita? ¡Qué mejor día para entrar en la comunidad cristiana! Y, luego…, todo el pueblo acudirá a la iglesia y verán lo religiosa y buena familia que somos.

Al día siguiente, la señora acudió a la catedral y quedaron en celebrar el bautizo como ella había pensado; ellos, el matrimonio Carvajal, serían los padrinos.

Fue a la cocina y le ordenó a mi abuela:

—Por si se me olvida, ya te digo que para el Domingo de Resurrección prepara unas perrunillas de las buenas, esmérate, que me ha dicho el señor que le quiere regalar una bandeja al señor obispo, ya sabes, a don Pedro García de Galarza.

—Si quiere, señora, puedo preparar también unos soplillos de las Alpujarras para regalar a tan principal señor. Llevan almendras, claras de huevo, azúcar y ralladura de limón. ¡Son tan ricos…!

—No, deja, no. A ver si se piensa que son dulces de herejes, mejor solo perrunillas, que son pastas cristianas. ¡Hay que estar a bien con la Iglesia! Si quieres, las preparas otro día, pero solo para nosotros.

Le dijo a la costurera que ellos también tenían pensado bautizar a sus esclavas y les arreglaron ropa que ya no usaban ella ni sus hijas, bien por muy vista o porque se había quedado pequeña.

Al fin, llegó el día tan ansiado y las neófitas fueron de estreno y doña Catalina presumiendo de esclavas.

A mi madre y a mi abuela las volvieron a bautizar con el nombre que ya tenían, Ana e Ysabel, y a la Negra le pusieron Dominga de Resurrección para hacer honor al día.

A la vuelta, una vez en casa, para celebrarlo les dieron a las neófitas un vaso de vino con miel en el que mojar pan y se lo comieron muy a gusto. Mi abuela decía que ella se sentía mareada y que mi madre, hasta que cayó dormida como un lirón, se reía mucho con las cabriolas y saltos que daba Dominga. Los que la veían bailar interpretaban que Dios había bajado a su cuerpo y la alegraba. Dominga después de tanto ejercicio no se durmió, sino que se tiró al suelo y se puso a llorar, llamando a saber Dios quién, seguramente a su familia. Mi abuela tuvo que servir la comida y la cena sin ayuda de nadie.

Una vez recuperada la vida diaria, mi abuela se fue haciendo el ama de la cocina, pues a Silvina, que ya debía contar setenta años, se la veía muy anciana. En las manos se le empezaron a retorcer los dedos y el dolor de riñones ya casi no la dejaba andar, iba doblada como si fuese haciendo reverencias, pero todavía seguía siendo la «dueña» del gallinero y era ella la que recogía los huevos o elegía la gallina vieja que había que sacrificar. Con los conejos hacía lo mismo, les daba de comer y decidía cuál de ellos se comería el domingo. Mi madre seguía creciendo, haciéndose una moza, pero mi abuela la tenía muy sujeta, solo sabía decirle:

—¡Obedece! ¡Calla! ¡Come! ¡Date prisa!

No quería perderla por nada del mundo y consiguió hacerla sumisa. Era lo único que tenía en el mundo y no quería perderla. Los amos tenían que estar contentos con su comportamiento. ¡Qué no se les pasase por la cabeza venderla, deshacerse de Ysabel!

Pensar en que en algún momento pudiera perderla o tener un sueño en el que desaparecía era devastador. Me ha llegado a decir que, si hubiesen vendido a su hija, ella se habría dejado morir.

A mi madre no la he visto nunca tener iniciativas, sin embargo, siempre ha sido muy cariñosa conmigo.

Dominga, también se iba haciendo más mayor, hacía los trabajos más duros y sucios de la casa, pero la negra tenía una manía que nadie entendía y era que no comía ni perdices ni codornices, miraba su carne en el plato con cara de asustada, lo apartaba y se ponía a llorar.

—¡Mira que tiene cosas raras esta chica! —comentaba Silvina—. ¡Lo más rico no lo quiere! Peor para ella y mejor para nosotras, así tocaremos a más.

Don Alonso Carvajal, una vez terminados sus estudios en Salamanca, volvió a Plasencia y se casó con doña Catalina. La boda fue un poco de conveniencia por las dos partes. El padre de ella era el mayor ganadero de Coria, poseía doscientas ovejas y cien borregos, unas cincuenta cabras retintas y, además, un par de mulas que acompañaban al rebaño. Los animales pastaban en la dehesa de Mínguez. Con estos animales obtenía carne, lana y quesos.

Se le antojó al padre de la novia que a él solo le faltaba emparentar con una persona de letras, y qué mejor que Alonso Carvajal, bachiller, hijo y nieto de artesanos. Una vez casados, influyó para mejorar la posición de su yerno y consiguió obtener el puesto de regidor en Coria. Alonso de momento se llevaba una guapa moza y, más tarde, el día que muriesen sus suegros, recibiría una fortuna en forma de ganado. En Coria nacerían sus dos hijas; el mediano, Pedro, nació en Plasencia cuando su madre se puso de parto estando de visita en casa de sus suegros.

Una vez convertido en regidor la labor que desempeñaba era ardua. Coria agrupa muchas localidades, casi cuarenta y nueve, que debían pagar sus impuestos y resolver todos los papeles oficiales sobre las propiedades o pleitos en esta ciudad.

Ayudaba con sus ideas para que se realizasen las obras públicas: mejorar los caminos del municipio, velar por la limpieza de las calles de la ciudad o reparar bloques descarnados de la muralla y el puente. Garantizar el abastecimiento de comida y que los precios, los pesos y medidas fuesen los correctos. Una labor de policía para que no hubiese usura. En el otoño fomentar la repoblación con encinas y alcornoques en las dehesas porque era la mejor época para la plantación. Determinar si el comportamiento de los amos con los esclavos era el adecuado. Procurar detener a los contrabandistas que hacían su negocio trayendo productos de Portugal perjudicando a los comerciantes del país.

Así, hasta mil preocupaciones. El trabajo le hacía sentirse importante y no escatimaba las horas necesarias. Pero en su casa era diferente, doña Catalina siempre le recriminaba que parecía que le preocupaban más los intereses del municipio que los de su propio hogar. Y cuando volvía del trabajo se sentía cansado y no podía ni hablar.

—Mira, Catalina, en el despacho te quería yo ver. Estamos a finales de septiembre, ¿sabes tú lo que pasa a finales de septiembre y principios de octubre? Pues que han comenzado a entrar los ganados de la Mesta por el puerto del Perosín que vienen desde Ciudad Rodrigo. ¡Tengo que examinar todas las escrituras de pago del montazgo! ¡Eso es dinero, mucho dinero que debo revisar!

—Tu dirás lo que quieras, pero yo tengo que estar atenta a que el dinero en casa no falte, la comida esté a punto, pagar al maestro de los chicos y más cosas que ya ni me acuerdo.

—Si yo te lo agradezco, Catalina. Tú vales mucho, eres inteligente y puedes con todo —respondía él—. Pero piensa que yo debo responder ante el municipio y casi, casi, ante el rey. ¿Tú sabes la de ganado que entra? Vienen de lugares tan lejanos como Soria y Segovia y a través del desfiladero llegan a nuestros riquísimos pastos. Cada día vienen más y eso es dinero que hay que mimar, aunque luego se extiendan hasta Alcántara, pero otros se quedan por la dehesa Boyal, la de Sebastián López o por otras dehesas cercanas de Moraleja, Zarza la Mayor, Campofrío y muchas más, que por dehesas aquí no nos vamos a quejar.

—Pues, si es dinero que entra, ¿qué problema tienes?

—Problemas, problemas…, muchos. Están los agricultores que quieren roturar más tierras y eso disminuye los pastos. Luego que, si ese no era el precio apalabrado por pastar, que, si era más, y surgen discusiones entre pastores y agricultores que hay que resolver sin que unos y otros se vean perjudicados. ¡Ay, Dios mío! Y luego, lo mismo cuando se vayan en abril o primeros de mayo.

—Y la ropa, que siempre tengo que estar pensando en cómo arreglar la de la mayor para la pequeña. ¡Ahorrar, ahorrar, eso es lo que yo hago a todas horas! Y ¿para qué? Pues hasta para dar una buena limosna en la Iglesia. Que no digan que no contribuimos a su crecimiento ni a los pobres que sostienen, que eso es bueno para tu prestigio.

—Bueno, mañana hablamos, que hoy estoy muy cansado.

—¡Mañana, mañana, todo lo dejamos para más adelante y tenemos un asunto importante del que hablar! La mayor pronto cumplirá los dieciocho y todavía no has pensado con quién podemos casarla. ¡Qué se pasa la vida y pronto tendremos nietos sin saber todavía quién será el yerno! Además, otra cosa importante, debemos buscarle marido antes de que ella se enamore de un cualquiera y tengamos un disgusto. Ella tiene que contar con nuestro consentimiento para casarse.

—Vale, vale —musitaba don Alonso.

—Ni vale ni nada. ¡Que pronto vendrá detrás Sagrario! Por cierto, ¿qué te parece Ordoño, el hijo del alguacil? Me han dicho que con diez años ya le han puesto un tutor y piensan enviarle a Salamanca. Sería una buena proposición para ella.

Cada uno daba explicaciones de sus problemas, cada uno a lo suyo y sin escuchar al otro. ¡Esa es la vida libre! Si va a tener razón mi madre, no mi abuela, diciendo que es mejor ser esclavo y no tener pequeños problemas que no te dejan vivir tranquilo.

De todos modos, el tiempo y la vida transcurrieron y, ya en 1589, la mayor tenía treinta y cinco, hoy doña Leonor, se había casado con Enrique, segundo hijo del conde de Valtajo. Un segundón que estudió dos años para clérigo y, como no se encontraba a gusto, terminó dejando los estudios eclesiásticos en contra de la opinión de sus padres. Tuvo la suerte de que se concertó su matrimonio con esta joven nada agraciada. El futuro convertiría al segundón del conde en barón de Guijo de Coria y doña Leonor no se quedaría para vestir santos. La nueva pareja se quedó a vivir en Coria con los padres de ella, por una vez desobedecieron la costumbre de ir a vivir a la casa de los padres del novio. Claro, la categoría de la futura baronesa, hija de un regidor de Coria, era muy superior a la de un segundón de un conde.

Los padres de doña Catalina habían muerto y heredó el ganado, unas piezas de tierra y una casita en Guijo; el segundón empleaba el tiempo en ayudar a don Alonso en la gestión del ganado. Un pastor vivía con su familia en un chozo de piedra reseca y techo de troncos de adelfas. En el chozo dormían y guardaban la comida y la poca ropa que tenían, y fuera, entre unas piedras, la mujer hacía el fuego para las comidas y en un arroyo lavaba la ropa. El pastor de madrugada, con la ayuda de dos perros, sacaba a los animales del redil y los llevaba a pastar, todo el día andando hasta volver a la tarde al mismo lugar. Mientras caminaba lentamente oía el ruido suave de sus pasos sobre la hierba en primavera y el crujido sobre las hojas secas en el otoño y se deleitaba con el rumor de los arroyos y el canto de los pájaros. El segundón desde la casa, pues poco pisaba el campo, ejercía el mando y era el que decidía si se aumentaba el rebaño con el nacimiento de los nuevos corderos o cuáles se vendían o se consumían en la casa. Con este trabajo contribuía a la economía familiar.

La casa se llenó con los juegos y las alegrías de los nietos que corrían y saltaban en el patio de la cocina. Jugaban a montar a caballo con un perro muy grande que tenían y adoptaron un gato al que trataban como si fuese un niño pequeñito. La anciana Silvina, después de servir cuarenta años a la misma familia, se quedó muerta como un pajarito. Mi abuela se convirtió en una mujer madura de cuarenta y dos años que cocinaba de rechupete, lo mismo hacía unas sopas de ajo tostao, un puchero de hinojos, la olla de berza al estilo morisco que una chanfaina o una caldereta de cordero a la forma extremeña. Se acostumbró a cocinar con el cerdo; lo mismo daba jamón que tocino, este último no podía faltar en el puchero. «Ni olla sin tocino, ni boda sin tamborino».

También pasó el tiempo para mi madre y cumplió los veintidós.

La familia era la misma, pero las edades y los quehaceres habían cambiado, y en este año de 1589 se sucedieron los dos hechos más memorables entre sus miembros y también mi nacimiento.

El padre, don Alonso, que contaba con cincuenta y cinco años, como doña Catalina, hombre de suerte desde que se casó, en honor a sus méritos como regidor, fue nombrado por el rey corregidor de la Muy Noble y Muy Leal Ciudad de Coria y el resto de localidades que para la Justicia y los papeles dependían de la primera. Al día siguiente de enterarse toda la ciudad, la mayoría de los ciudadanos acudió a la plaza del ayuntamiento, sabía que estaba allí firmando unos papeles y le vitoreó tanto que tuvo que salir al balcón para saludar. ¿Se podía llegar más alto?

Sin que nadie lo pidiera, delante del ayuntamiento acudieron unos músicos con sus atambores y sus albogones[14] para honrarle y alegrar al pueblo. Entonces don

[14]Instrumento parecido a la gaita gallega.

Alonso, emocionado, dejó lo que estaba firmando, se abajó y dio la mano a los músicos y a todos los congregados.

Mi abuela pasó dos días haciendo buñuelos, bombones de higo y pestiños con los que la familia obsequiaba a todos las amistades que acudieron a la casa para darle la enhorabuena. Parecía que no podía haber una fiesta más grande.

Ser nombrado corregidor convertía a don Alonso en un funcionario real. Era el más alto representante del rey en todos los actos oficiales en los que intervenía. Era un cargo nombrado por el rey y jamás era un cargo enajenado, vendido a manos privadas u objeto de sucesión en las familias. Presidía todas las reuniones de los distintos ayuntamientos de su territorio; ejercía el poder y la justicia y la administración en los municipios de su demarcación. Procuraba el desarrollo económico de los mismos. Era el juez en primera y segunda instancia y tenía a su cargo funcionarios que le ayudaban en su labor: el alcalde mayor o teniente de corregidor y los alguaciles.

Igual que siempre, doña Catalina protestaba:

—Alonso, ¡que nos tienes abandonados!, ¡sobre todo a mí!

—Catalina, que no tengo tiempo de nada. Tú mucho presumes de que yo sea corregidor, pero no tengo tiempo de nada. Mi vida se consume entre inspecciones, papeles y agradar al rey. Hasta he pensado, con gran dolor, en vender o regalar el nuevo azor; ¡ya no salgo ni a cazar! En las madrugadas, en los despoblados, perdido entre la naturaleza, me encontraba un hombre libre y ahora ni siquiera puedo divertirme y ser feliz con el arte de la cetrería.

—No, por Dios, Alonso, no te deshagas de él. Ir a cazar es algo importante para tu reputación. He oído que los reyes salen al campo a cazar aves y lo hacen con halcones, azores y hay alguno que se atreve hasta con águilas reales. Hasta creo que los crían en los Carabancheles, un pueblo cerca de Madrid. Los grandes hombres son cazadores, si quieres ser alguien como ellos tienes que imitarles.

—¡Ay, Catalina! Que yo saldría al campo con el azor no por imitar a los grandes, sino porque es un placer para mí, porque me siento libre, sin preocupaciones de mi cargo y a gusto conmigo mismo.

—Bueno, pues mira, el domingo vete a cazar temprano y vuelves para la hora de la misa mayor, ¿qué te parece?

Tuvo suerte don Alonso y, solo por una vez más, salió con su yerno, el perro y el azor. La suerte estuvo de su parte y trajeron a la casa cuatro perdices y tres codornices. Mi abuela las escabechó todas mientras Dominga lloraba sin parar. La señora de la casa se presentó en la cocina y se enfadó con ella, pero, como siempre, nadie supo el motivo de su llanto.

La otra cosa importante que sucedió en la familia vino de la mano de Pedro, el segundo hijo, el adolescente que tanto latín y otras materias estudió, alentado por sus padres, se fue al seminario porque dijo que sentía el llamamiento de Cristo, aunque, la verdad, es que estaba muy bien visto que, en todas las familias cristianas, todas lo son, uno de los hijos sea cura o monja, y aquí le tocó la suerte a él. El obispo de Coria le dio una carta de recomendación para que le admitieran. Allí obedecía a los profesores, que sabían más que él. Obedecía al confesor, cumplía con las reglas de convivencia entre los compañeros, aun sin comprender y sin gustarle algunas.

Cuando le faltaba un año para cantar misa, se transformó en don Pedro porque fue enviado a la parroquia de Malpartida de Plasencia como diácono durante seis meses para ayudar al párroco. En este puesto tenía que enterarse bien del funcionamiento de una parroquia y obedecer en todo al párroco. A los veinte años fue misacantano.

Una vez que cantó misa, el obispo de la diócesis le ordenó trasladarse como coadjutor a la parroquia de San Martín en Plasencia. La orden de incorporarse a la iglesia de San Martín le llenó de alegría. Era esta una de las más antiguas de la ciudad, tan antigua era que en un lateral de una de sus puertas se puede leer el año en que fue construida, «MCCXXVIII» –1228–.

Hacía solo unos diez años que su altar mayor había sido adornado con un retablo pintado por el artista más importante que podía haber en Extremadura, tanto que todos le llaman el Divino: Luis de Morales.

Allí debía ayudar en sus labores al párroco, que era muy mayor y todo su cuerpo era un poema afectado por el reuma. Le tocó decir las misas de los laborables y festivos, actuar en bodas, bautizos y funerales. Tuvo que hacer todo, pero su juventud y la novedad le hacía estar entusiasmado con su labor entre los feligreses. Se convirtió en un clérigo renombrado en la región que aspiraba a destacar más si podía.

Pasados unos pocos años, el párroco se murió y él fue designado para el cargo. Fue una gran alegría para él, no la muerte, sino el nombramiento. Prefería que le hubiesen nombrado responsable, pues ya había estado actuando como tal. A partir de este momento comenzó a moverse todo lo que pudo y a estar en todos lados a la vez si podía. Sin olvidarse de agachar la cabeza y obedecer con una sonrisa a su obispo. Dedicó el poco tiempo libre que le quedaba para hacerse bachiller en teología, porque quería ser el mejor preparado y que sus esfuerzos fuesen reconocidos, pero todavía era joven. Le espoleaba para seguir avanzando el que sus padres siempre le habían pronosticado un obispado.

Pocos años antes, cuando don Pedro cantó misa y le

enviaron a Plasencia, su hermana Sagrario, la pequeña, tenía ya quince años, casi una mujer. A esa edad muchas muchachas estaban comprometidas y alguna en vísperas de su casamiento. Sin embargo, ese no iba a ser el destino de Sagrario.

Los padres le dijeron que no pensase en casarse, que ella debía consagrarse a la vida de Pedro, pues este tenía capacidad y memoria para llegar a ser obispo, si no a más altos designios de la Iglesia; ¿quizá hasta pensaban en hacerle cardenal? Ella debía mirar por el buen funcionamiento de la casa y de la administración de esta. Como buena hija lo aceptó, aunque pasando los años pensaba que había tenido muy mala suerte y envidiaba a su hermana, que había tenido hijos y, probablemente, tuviera nietos en el futuro y ella se encontraba sola con el viejo de su hermano. La influencia del cura convirtió a doña Sagrario en una mujer muy devota, de misa diaria por la mañana y rosario por la tarde y, también, muy amable.

Al fin, ella ejerció la labor de administradora y se ocupaba de los gastos, aunque con muchos inconvenientes que no venían de la cantidad de dinero del que disponía, sino de cómo lo administraba. Todas las semanas debía pedirle al hermano el dinero para comprar la comida y todo lo necesario. Luego ella le daba cuenta de en qué y cuánta cantidad se había gastado la semana anterior. Tenía que pedir permiso para compras más importantes, como los gastos de las cenas de Navidad o de Pascua de Resurrección o si faltaba algo en el ajuar de la casa: unas sábanas o unas toallas; ella sola no podía decidir estas compras.

Aquel año de 1589 me hizo aparecer en la historia, en ese año de tantos acontecimientos nací yo. No sé si es bueno o no haber nacido, el caso es que estoy aquí tratando de explicarles cómo era la vida de aquellos años. Las pequeñas alegrías y las desgracias de esclavos y libres, aunque no tan libres.

MI VENIDA AL MUNDO

Don Alonso debía viajar con frecuencia entre los distintos municipios del norte de Cáceres y se desplazaba a Plasencia de forma habitual para atender a sus múltiples tareas. Varias veces tuvo que acercarse a Talavera de la Reina y a Toledo, hasta una vez visitó la Corte en Madrid. Para los viajes cercanos tenía que ir a caballo desde Coria, acompañado de un alguacil, pero para los largos era muy cansado hacer una o dos jornadas, descansar mal y volver a los pocos días a Coria. Así que decidió comprarse un carruaje, el dinero le daba para ello, y un esclavo que entendiera de caballos, por lo que consultó con un tratante de esclavos la compra de este último. Antes de realizar la compra se lo consultó a doña Catalina.

—He pensado comprarme un coche. ¿Qué te parece mujer?

—Muy bien, Alonso, muy bien —respondió rápidamente—. Un coche representará lo que tú eres y te diferenciará del resto de la gente. ¿Cómo vas a hacer?

—Pues el coche me lo traerán de Valladolid y el esclavo que lo conduzca se lo pediré a un tratante conocido del alguacil. De Gutierre hace ya más de diez años que no sé nada.

El tratante de esclavos, pasado un mes, se presentó con un joven blanco de veinte años, pelo negro rizado, algo más de cinco pies de estatura, sin defectos ni señales de esclavitud. Nacido en Fuente de Cantos de madre morisca. Su nombre era Francisco de Paula. Se le adjudicó la habitación de Silvina, que estaba vacía desde su muerte. Mi abuela tuvo bastantes conversaciones con él en la cocina, pero no se atrevía a hacerle la pregunta más deseada. Hasta que él mencionó a su madre, Juana, que había nacido en un pueblo de las Alpujarras y vivía como esclava con una familia de ganaderos de ovejas y mercaderes de cuero. Mi abuela le miró la cabeza bajo el pelo y vio una mancha rojiza, ya no lo dudó y supo de quién era hijo. Le contó todos los sufrimientos que pasaron hasta llegar a su destino y coincidía con lo que le había contado su madre, incluso se sabía alguna de las canciones de aquellos lugares tan lejanos que cantaban bajito al unísono:

La sangre vertida
de mi triste padre
causó que mi madre
perdiese la vida.
Perdí mis hermanos
en batalla dura,
porque la ventura
fue de los cristianos.
Sola quedé, sola
en la tierra ajena;
ved si con tal pena
me lleva la ola.

Tenía experiencia con los caballos y en cochear carruajes, era lo que hacía en Fuente de Cantos mientras sus amos tuvieron un coche para viajar, pero ahora la viuda de Talaverano se quería deshacer de él y le salió esta oportunidad de venderlo que no desaprovechó.

Francisco de Paula con sus veinte años y mi madre con veintidós, jóvenes y bien parecidos, pasaban mucho tiempo hablando al anochecer en el patio. Mi abuela lo vio bien y tuvo la aprobación de los amos. Se casaron una mañana de otoño, bien temprano. Mi abuela hizo una caldereta de cordero; el amo dijo que se sirviera vino de Cilleros, de la cercana sierra de Gata, de la uva ojo de liebre. Se asaron castañas para pasar la tarde.

Mi madre se cambió de dormitorio, «cada oveja, con

su pareja», y yo vine al mundo. Me pusieron de nombre María, como la Virgen, había que demostrar que se era cristiano.

Tengo que agradecer que los amos los dejaran casarse y que yo pudiera nacer conociendo a mi padre, pues muchos de los niños esclavos no saben quiénes son sus progenitores. Lo normal es que fueran producto de los abusos que sufrían las madres por parte de sus amos.

Si yo tuve suerte de nacer en la casa de estos amos, también la tuvo mi madre de que la dejaron casar con quien ella quería.

Se comentó mucho en Coria que en un pueblo cercano una esclava negra huyó de la casa porque su ama no la dejaba casarse con otro esclavo de un vecino. Los esclavos se habían dado palabra de matrimonio, pero el amo del novio para evitarlo lo vendió fuera del pueblo. La novia cayó en tal desesperación que empezó a beber y, por último, tomó la decisión de fugarse. La negra estuvo vagando por esos mundos de Dios hasta que fue encontrada desharrapada y viviendo como callejera y de la caridad en Lisboa; desde allí fue devuelta a su antigua ama y sufrió toda la ira de su señora.

Al venir yo a este mundo se incrementó la riqueza de los Carvajal, pues el notario redactó un documento en el que los amos declaraban mi nacimiento como esclava. Fui acogida como un juguete, como un entretenimiento para los jóvenes de la casa. Incluso Dominga, que contaba ya unos treinta y dos, me debió de tomar igual que si fuese una hija o, más bien, una sobrina y también le gustaba hacerme carantoñas. Tanto amor y tanta confianza tuvo conmigo que, pasados unos pocos años, hasta me llegó a contar un gran secreto, la causa por la que no quería comer animales que ella consideraba pájaros.

Era un cuento o leyenda del pueblo africano en donde

nació. Decía el cuento que hace muchos años no existían más pájaros que dos, una pareja de macho y hembra, cuando un campesino, que tenía un campo con sorgo maduro, al ver que los dos pajarillos venían y se comían los granos más gordos, no se le ocurrió otra cosa que fabricar una trampa y el macho cayó en ella. Entonces el campesino le arrancó las plumas de las alas para que no pudiera volar y se lo dio a sus hijos para que jugaran con él y les dijo que le cortaran el cuello. Cuando los niños cogieron el cuchillo apareció su pareja, la pajarita, y preguntó:

—¿Por qué vais a cortarle el cuello a mi marido?

Y el pajarito contestaba:

—No importa, déjalos que hagan lo que quieran.

Después empezaron a quitarle las plumas de todo el cuerpecillo, mientras la pajarita preguntaba:

—¿Por qué le quitáis las plumas a mi marido?

—No importa, déjalos que hagan lo que quieran —contestaba el pajarito.

Hasta que empezaron a asarlo y, mientras, la pajarita seguía preguntando:

—¿Por qué asáis a mi marido? ¿Por qué lo cortáis en trocitos? ¿Por qué os lo coméis?

Y el pájaro siempre contestaba:

—No importa, déjalos que hagan lo que quieran.

Cuando los niños se comieron todo el pajarito, se convirtieron en pajaritos de la misma especie y son todos los que existen ahora y vemos volar.

Dominga me dijo que siempre le había dado mucho miedo que le pudiera pasar lo mismo y verse convertida en una perdiz o en una codorniz, por lo que no quería comerlas.

¡Pobre Dominga! Hacía más de veinte años que había sido sacada a la fuerza de su familia y de su pueblo y, con todo lo que había conocido y vivido, seguía presa de costumbres y miedos que nada tenían que ver con la realidad. Así somos las personas domeñadas por la cultura, que, a veces, nada tiene que ver con disfrutar y hacernos felices.

Pasados unos meses desde que me narró el cuento de los pajarillos, me atreví a preguntarle de dónde era y quién fue su familia. Su cara mostraba que lloraba por dentro, sin lágrimas.

—Creo que mis padres eran agricultores, al menos recuerdo a una mujer con una piedra machacando cebada. Sin embargo, no me acuerdo de su cara, debía de ser mi madre —me confiaba con voz temblona—. Es la primera vez que hablo de mi familia.

La agarré aquellas manos tan gastadas.

—Yo cuidaba de un rebaño de cabras y las llevaba lejos, pues el campo en las cercanías del poblado estaba ralo, sin hierba fresca. Un día, cuando volvía a mi choza con las cabras, se me acercó el jefe de una tribu cercana. Vi algo raro y traté de huir, pero no quería dejar el ganado solo y aquel titubeo me perdió. Me maniató y arrastrándome me entregó a un reyezuelo de la zona. Lo que más me hizo sufrir es que, aunque gritaba, nadie me oía, nadie salió en mi defensa. Yo era una pobre niña que cuidaba animales y ahora soy una pobre mujer que no tengo nada.

Miré en el bolsillo de mi delantal y le entregué mi pañuelo, lo necesitaba.

—Me entregaron a otro hombre con un látigo que llevaba a más gente. Todos íbamos atados con una soga por la muñeca. Atravesamos campos, selvas y ríos y, cuando alguno no podía más, caía al suelo e iba arrastrado por los demás. Cuando el hombre del látigo se daba cuenta, le cortaba la mano y quedaba tirado. En aquel peregrinar vi morir mucha gente, fueron quedando en el camino, como un reguero de grandes hormigas pisoteadas. Un día, delante de mí se extendió algo desconocido, me contaron que aquello era el mar y, encadenada a otras personas, me subieron a unas casas de madera que flotaban sobre el agua. Decían que aquellos hombres, los que mandaban en las casas de madera, eran portugueses. No sé qué milagro hizo que llegase viva a Lisboa, algunos enfermaron, pues no nos dieron de comer y bebíamos agua sucia. Solo dormía o lloraba acordándome de mi madre y mis hermanos. Entonces sí que recordaba sus caras.

La ayudé a levantarse y fuimos a la habitación en donde dormía con mi abuela, nos sentamos en su cama y siguió contándome:

—Después me llevaron de pueblo en pueblo hasta que me compró Gutierre y conocí a tu abuela, y a aquella niña, Ysabel. —Levantó la cabeza y me miró sonriente, yo suspiré—. Al principio no entendía nada, no me enteraba de nada. Hoy, por desgracia, aunque he olvidado la cara de mi madre...

Con esa sonrisa en su cara, mirándome, fue ella la que ahora me cogió las manos y me dijo:

—Tu abuela ha sido y es una madre para mí e Ysabel una hermana pequeña —me confesó—. A ti te veo como a una hija. Recuerdo que Ana me cuidaba las manos estropeadas por el agua fría, si tenía tos en invierno, me preparaba agua caliente con miel y muchas cosas así. Al principio, por las noches, yo lloraba en la cama y Ana me metía en la suya y me abrazaba hasta que me quedaba dormida.

Aquella conversación me sigue rondando la cabeza y pienso lo triste que puede ser la infancia para algunas personas, sobre todo los más débiles. Esos hechos marcarán su vida para siempre. Si ya quería a Dominga desde pequeña por las muchas cucamonas que me había hecho, ahora la quiero más. ¡Hasta dentro de los esclavos puede haber unos más desgraciados que otros!

Cuando cumplí diez años, a los nietos de los amos, doña Catalina y don Alonso, así como por entretenerse, se les ocurrió jugar a los maestros conmigo y me enseñaron a leer y escribir, me contaron muchos cuentos y otro que no era cuento y lo llamaban la Historia del Reino, y después me pedían que yo se lo contase a ellos para ver si me lo sabía. Con las cuatro reglas de la aritmética me proponían problemas para que los resolviera. Así que jugando conmigo me hicieron un gran favor, si no hoy no podría estar escribiendo esta historia que quiere contar la vida de los que no pasaremos a la historia.

Digo que tuve suerte por lo que aprendí. También por lo que no tuve que sufrir, pues hay muchos amos que bien hacen sufrir a sus esclavos, no ya por considerarles animales de trabajo, sino que parece que les gusta hacerles daño, que disfrutan viéndolos llorar. Esto ya lo relataré más adelante, porque ahora me acuerdo de que tengo que contar cosas buenas que sucedieron a mis amos.

Don Alonso seguía de corregidor para complacencia de doña Catalina, aunque esta seguía quejándose de que le hacía poca compañía en casa.

—Mira, Catalina, que no te haces idea de lo que representa mi puesto. El otro día apresamos a unos contrabandistas y todas las mercancías que traían. Algo muy malo para la economía de nuestros pueblos. ¿Acaso has olvidado que estamos cerca de la frontera de Portugal? ¿Y que la Corona instaló en Coria un puerto seco para el control de este delito? No creas que porque de unos años acá España y Portugal están unidos bajo mismo rey Felipe el Segundo ya no hay fronteras ni leyes diferentes que en esto todo sigue igual. Así que piensa que estoy agobiado de tanto trabajo.

Doña Catalina bajaba la cabeza, pero se la oía refunfuñar por lo bajo.

Según mi abuela, don Alonso estaba muy contento con su condición de corregidor, tanto que por darse gusto cada día manifestaba lo importante que era. Desde que le nombró el rey había cambiado sus toscas ropas de campo. Sustituyó el chaleco de paño oscuro atado con cintas, calzón y polainas negras y, en invierno, una zamarra larga de cuero, por otra ropa que ella no conocía, pero que llamaba la atención y la admiración de los demás. Visitaba a un sastre, descendiente de judíos, de la ciudad de Plasencia. Aquel hombre le cambió por completo: tejidos negros de terciopelo, el color preferido del rey, al que representaba, porque ese color parecía que revestía de mayor autoridad. Por debajo de la ropa vestía la camisa de algodón blanco; encima el jubón, a veces bordado o con pasamanerías. Los calzones los llevaba estrechos y largos, casi hasta la rodilla y las piernas se cubrían con unas calzas o medias de punto, casi siempre negras. Calzaba borceguíes de cuero fino muy flexible que se ajustaban con una hilera de botones.

Si hacía frio, se cubría con una capa, como siempre había hecho. Cuando viajaba e iba a visitar a señores principales, todavía se vestía mejor si es que cabía hacerlo. No le faltaba la gorra alta con una pluma. En invierno, cuando hacía frío, se colocaba encima del jubón el ferreruelo[15], y siempre la golilla, el cuello blanco que le hacía destacar su faz morena, sana y tostada por el sol.

Doña Catalina se miraba en él y presumía todo lo que podía cuando acudían a misa los domingos, y cuando más disfrutaba era cuando su hijo venía desde Plasencia a pasar unos días con la familia. Entonces se vestía con un miriñaque debajo de la falda y se pavoneaba como una gallina clueca.

[15]Capa corta atada al cuello.

Sin embargo, en casa la mujer se preocupaba y advertía a su marido:

—¡Ten cuidado, Alonso! No me hace gracia que te hagas la ropa con ese sastre de Plasencia. Ten en cuenta que es judío y hay que estar lo más lejos posible de ellos.

—¡Que no es judío, mujer!, ¡que no es judío! Solo es descendiente, pero ahora es cristiano.

—¡Lo mismo me da! ¡Como si lo fuese! Al fin y al cabo, lo fueron sus abuelos. A esa gente hay que evitarla, que luego puede traer complicaciones.

Don Alonso hizo intención de abandonar la estancia, pero su mujer se lo impidió y le incitó a que le contestara algo.

—Que mis padres fueron de Plasencia y vivían con gentes de todo tipo y no les pasó nada. En la ciudad que me vio nacer hubo judíos desde hace cuatrocientos años, desde que la fundó Alfonso VIII. La dividió en seis parroquias y a los hebreos les señaló su aljama en la zona de La Mota y les dio permiso para construir la sinagoga.

—Ya, ya..., tú siempre con tus historias.

—Mujer, de algo me tenían que servir los años que pasé en Salamanca. Los judíos se dedicaron a la artesanía, a la sastrería, hicieron desde los trabajos más humildes, los que no querían los cristianos, hasta los de cobrar impuestos y finanzas, que tampoco podían hacer los creyentes porque la Iglesia se lo tenía prohibido.

—Parece que los defiendes —le retó doña Catalina.

—Mi padre tuvo la platería en la plaza Mayor junto a otros establecimientos de judíos y fue amigo de ellos y de moros, y no pasaba nada. Sí, enfrente del ayuntamiento y cerca de donde vivían los regidores.

—Bueno, tu padre no era uno de ellos, pero tu abuelo les alquilaba alguna casa y algún local. Una cosa es tener negocios y otro que la gente lo interprete como ser amigo de los judíos, pero yo recelo mucho de la gente envidiosa que pueden malinterpretar las cosas. ¡Tú has subido mucho en esta vida!

—Bueno, Plasencia es un lugar en la Vía de la Plata y tiene mucho comercio, allí viven nobles, clérigos, comerciantes y artesanos. La vida es muy abierta entre todos. ¡Dejémoslo estar!

Don Alonso se fue quitando el jubón camino del dormitorio.

El matrimonio no sabía que lo mejor de sus vidas estaba por llegar.

DON PEDRO CARVAJAL

Ya no me lo tuvo que contar mi abuela, tuve la suerte de presenciarlo y vivirlo. Tendría yo unos quince años cuando los padres se felicitaban y se abrazaban. Hasta la madre y la hermana mayor lloraban de alegría, no podía haberles pasado algo mejor en la vida. Eran unos privilegiados, ya tenían la gloria ganada en el Cielo y, sobre todo, en la tierra, entre los vecinos y nobles cercanos que los conocían. No cabía dicha mayor, su adorado hijo y hermano, aquel en el que habían puesto tantas esperanzas, les daba el justo pago a sus desvelos.

Don Pedro Carvajal creo que tenía cuarenta y tantos años cuando murió el obispo de Coria, don Pedro García de Galarza, quedando la Diócesis a la espera de que la Santa Sede nombrase un sucesor. El Consejo de Consultores Diocesanos se reunió y le nombraron administrador para que la diócesis estuviera atendida. Él aceptó el cargo, aunque decía a toda persona que le quería escuchar que lo aceptaba como una responsabilidad eclesial, que él no lo merecía, que él se debía a su parroquia y a sus fieles. Por este motivo, su hermana Sagrario y él se trasladaron a vivir en Coria. Los padres lo celebraron con una comilona a la que solo asistieron los familiares. Ellos trataron de aparentar humildad y acataban lo que les enviaba Dios.

Pasados seis meses, el papa le nombró obispo. Él fue el último en enterarse, había sido muy activo en las parroquias en las que había desempeñado su ministerio, tenía terminados los estudios de bachiller en teología y su trabajo como administrador de la diócesis fue muy eficiente. Los que podían influir le recomendaron pensando que era la persona ideal para hacerse cargo de la diócesis.

A primeros de diciembre, se presentó en Coria el

obispo de Plasencia, don Pedro González de Acebedo para asistir a la ceremonia de consagración de don Pedro, pues es la diócesis más cercana.

Tres días después, llegó el obispo de Salamanca, don Luis Fernández de Córdoba Portocarrero, cordobés de familia nobilísima, tan grande de España era que, en su consagración, un año antes, en 1603, estuvo presente el propio rey Felipe el Tercero. Ya se había muerto Felipe el Segundo y reinaba su hijo. Aunque el obispo don Luis Fernández de Córdoba era veinte años más joven que don Alonso, los dos habían estudiado en Salamanca. Don Alonso, Derecho Civil, y don Luis, Derecho Civil y Canónico. ¡Buenas parrafadas se echaron recordando su vida en la ciudad estudiantil!

Solo faltaba el obispo de Ávila, don Lorenzo de Otaduy, para poder celebrar la ceremonia y esto era motivo de preocupación, pues había pasado ya una semana y no acudía ni se sabía nada de él. Al fin se tuvo noticias de que los caminos estaban nevados y que unas mulas del séquito se habían despeñado tras pasar el Barco de Ávila, en la zona de la Garganta del Endrinal. Afortunadamente no murió ningún hombre, solo se perdieron las mulas y unos regalos que traía. Apareció don Lorenzo un martes y hubo que esperar al domingo para la ceremonia de consagración. A su llegada exclamó:

—¡Mal viaje he hecho!, la enfermedad con que Nuestro Señor ha sido servido regalarme, las nieves y el accidente de las mulas han sido la causa de este retraso. Vuestras caridades sabrán perdonarme.

Los tres obispos fueron alojados en las mejores habitaciones de mis amos. A mi abuela se le iba todo el tiempo preparando comidas y cenas, entre sus manos pasaban las carnes de conejo adobadas con laurel, ajos, cebolla, orégano y pimienta negra. Las gallinas rellenas de frutas secas. Los capones con aceite, cebolla, ajos, limones y cominos. Para postre nunca faltaban las frutas de sartén.

Mi madre empleaba su tiempo en planchar sábanas, manteles y servilletas, también servía las comidas. Yo hacía las camas de sus eminencias y cambiaba los aguamaniles, el jabón y las toallas por la mañana y por la noche. Dominga se pasaba el día lavando la ropa de cama y mesa. Mi madre, mientras servía, oía lo que hablaba esta gente tan principal y puso atención cuando el obispo de Ávila, don Lorenzo de Otaduy, se quejaba amargamente de la política del rey.

—Don Felipe el Tercero quiere echar a los moriscos de los reinos de España y el duque de Lerma se ha convertido en el máximo responsable de su expulsión. Dicen que primero van a echar a los del Reino de Valencia, después a los de Andalucía y así, poco a poco, a todos. Yo estoy muy preocupado, si se van todos los de Ávila, no diré que la mitad de la población, pero casi, y mi ciudad se quedará con poca gente, pocos artesanos y la economía por los suelos.

—Siga, siga, don Lorenzo —decía el señor de la casa.

—En mi diócesis, toda Ávila, la ciudad, el alfoz y todas sus villas, viven muchos moriscos y se dedican a la trajinería. Comprar tierras cuando llegaron era imposible, primero porque hace siglos se les prohibía a los moros que vinieron comprar propiedades y después por lo caras que iban.

—Yo conozco en Coria a unos que tienen una viña —apuntaba don Alonso.

—Alguno puede haber —agregaba don Lorenzo—. No voy a decir que ninguno, sí que alguno ya tiene una viña o alguna tierra de pan llevar[16] pero la mayoría se

[16]Heredad destinada a la siembra de cereales o adecuada para su cultivo.

ganan la vida acarreando géneros de un lugar a otro. Ellos van por esos mundos de Dios hasta Toledo, Sevilla, Granada, Valencia, Lisboa y Medina del Campo, vamos, por todo el reino, y allí llevan lana, paños y cueros. De aquellos lugares nos acercan jabón, azúcar y todo lo que no tenemos. Y, aunque no nos fiamos mucho en que la conversión haya sido verdadera, es gente de fiar, se les puede encomendar cobrar deudas en otros lugares y, además, ¡buena ayuda ha hecho a nuestros reyes desde antaño! En mi archivo hay documentos que certifican que, en 1483, veintidós mudéjares, casi todos arrieros y convertidos, a petición de los reyes Ysabel y Fernando, aportaron dinero para la guerra de Granada y entregaron palas, azadones y mulas para abrir caminos en las Alpujarras y poder trasladar las piezas de artillería.

Los demás comensales le miraban boquiabiertos.

—Pues habrá que oponerse. Castilla cada vez está mejor y la economía va para arriba. ¿Quién va a portear la lana y tantos productos si los expulsan? —argumentaba el excelentísimo Fernández de Córdoba—.

—Aunque nos opongamos no va a servir de nada, pues yo creo que el rey ya está decidido —continuaba don Lorenzo de Otaduy—. Todas las gentes de estos reinos tienen que ser cristianas y luego está que no se fían de si los moriscos pueden ser traidores y pasarse al lado de los turcos o los berberiscos. Para el rey y algunos nobles, al que no es cristiano viejo se le cierran todas las puertas.

—¿Y qué voy a hacer yo que tengo como esclavos a una familia de moriscos? ¡Espero que no me los quiten, porque me costaron mis buenos maravedíes! —se sorprendía y preocupaba don Alonso—.

—No creo, don Alonso. Sus esclavos provienen de la guerra de 1568 contra los moriscos sublevados del reino de Granada. Felipe el Segundo, después de consultar a la Santa Iglesia, admitió que los capturados serían esclavizados como rebeldes a su Corona y quizá renegados del cristianismo —insistía—, ¡vamos, que nunca habían profesado sinceramente!

—Pues mis esclavos están bautizados y van a misa —recalcaba nuestro amo.

—No se preocupe don Alonso, ya tienen la categoría de esclavos y, si tiene la escritura de compra, nadie se los va a quitar. ¡Cómo si hubiese comprado usted una piara de cerdos!

Nuestro amo otorgó con la cabeza, si lo decía su excelentísima, sería verdad.

Alcanzado el domingo de la consagración, don Pedro, el hijo de mis amos, salió de la casa de sus padres acompañado de los obispos de Ávila y Plasencia, por ser las diócesis más cercanas, dirigiéndose a la puerta del Evangelio. La plaza de la catedral estaba que no cabía un alma y, al verle, prorrumpieron en aplausos y vivas. Mientras, las campanas competían por ver cuál cantaba más fuerte. Cuando llegó al templo se abrieron las puertas en donde le esperaba el Consejo de Consultores Diocesanos y, en el centro, el obispo de Salamanca, una de las diócesis más antiguas.

La catedral estaba iluminada por mil cirios, tanta luz se reflejaba en las esculturas de los santos que parecían mirarnos desde aquellos sus ojos y sus miradas nos hacían sentir una misteriosa fuerza interior que nos rendía felices, fuertes e invencibles en aquellos momentos. Las imágenes habían sido talladas en madera estofada y los dorados y bruñidos estaban tan bien realizados que parecían auténticas telas lujosas. A su vez, el turiferario portaba el braserillo con tapa que balanceaba incensando toda la iglesia.

En aquel momento se dibujó la sonrisa en nuestra alma al ver consagrar como obispo a uno de los nuestros.

Yo, al hijo de mis amos. Era hacernos partícipes de la grandeza de alguien cercano, igual que si fuese nuestro.

Pasó en procesión por la nave hasta el altar mayor y de ahí a la sacristía, en donde se revistió de color morado, el color del Adviento, el que simboliza los tiempos de preparación para la Navidad.

De allí salió, junto con los tres obispos necesarios para su consagración, y subió al altar mayor, en donde se arrodilló y rezó delante de la imagen de Nuestra Señora de la Asunción, bajo cuya advocación está la catedral. Concelebró la misa con el obispo de Salamanca y este, sentado en el sillón episcopal, presentó a don Pedro a los fieles. Don Pedro se arrodilló y juró ser obediente a la Santa Sede.

Una vez hecho el juramento, el obispo salmantino invitó al resto del clero y a los fieles a orar para que Dios le otorgase abundante gracia al nuevo obispo y, mientras don Pedro yacía postrado en el frío suelo de piedra del presbiterio, las demás personas, arrodilladas, entonaron la letanía de los santos, la oración por excelencia:

Señor, ten piedad.
Cristo, ten piedad.
Señor, ten piedad.
Santa María, Madre de Dios,
san Miguel,
santos Ángeles de Dios,
san José,
san Juan Bautista,
santos Pedro y Pablo,
san Andrés…

Mientras el pueblo contestaba: «rogad por nosotros».

Y así hasta nombrar a todos los santos conocidos que gozan de la felicidad en el cielo y pueden interceder por nosotros.

Se bendijo el báculo y con mucho boato le fue entregado junto con el anillo y la mitra blanca en la que se había bordado una cruz con hilos de oro. El obispo consagrante inició el *Te Deum*, mientras don Pedro bendecía a todos los congregados.

A continuación, con todo el lujo que pedía la ocasión, se expusieron las santísimas reliquias que guardaba la catedral. El mantel de la última cena de Jesús, el *Lignum Crucis* y la Santa Espina, ante los cuales don Pedro se arrodilló y rezó. Seguidamente se sentó en el trono y todos los presentes volvieron a aplaudirle.

El mantel, de lino blanco con pequeñas bandas en azul, junto con las otras dos reliquias, se expone todos los días tres de mayo, para conmemorar que en ese día del año 325 santa Elena halló la cruz en la que fue crucificado Jesús. Se enseñan desde un balcón que existe junto a la puerta del Evangelio y el sagrado mantel se deja colgando para que las personas pasen por debajo y puedan besarlo y tocarlo, pues dicen que hace muchos milagros.

Los padres se colocaron en la primera fila. Su madre no podía contener las lágrimas, pues su hijo ya había pasado a ser considerado excelentísimo y reverendísimo señor.

Don Alonso, con sus galas de corregidor, portaba el ferreruelo con cuello alto y el forro de lince y una montera con alas para la cabeza que sostuvo en la mano. Doña Catalina, con una saya entera, cuera y falda de terciopelo granate oscuro con mangas anchas y redondas y una sangradura por donde sacaba los brazos a la altura del codo. Los brazos iban cubiertos por unas manguillas blancas que terminaban con puntillas en el borde de la mano, las mismas puntillas que llevaba en el pañuelo que sujetaba en su mano. No le faltó el gran cuello blanco de lechuguilla bien almidonado por mi madre. Por último, aunque llevaba la cabeza cubierta por un tocado con varias piedras preciosas y unas plumas, se entreveía que el pelo estaba peinado con el habitual moño.

La ceremonia duró dos horas y hubo que buscar una silla para la madre, que, entre la vestimenta, el calor y el olor de la cera de las velas, se mareó y tuvieron que sujetarla, si no se hubiese caído al suelo.

El corregidor de Toledo acudió, entre otras autoridades, y todas ellas saludaron al nuevo obispo y sus familiares. ¡Había que ver a doña Catalina, dando la mano a toda esta gente y las inclinaciones de cabeza que le hacían! ¡Cómo revoloteaba y hacía la rosca como el pavo real desplegando su plumaje!

A la salida de la ceremonia, por parte de la familia, se repartieron porciones de pan recién horneado, cecina de vacuno, higos secos y abundante vino para todo el que acudió, así todo el mundo quedó contento.

El obispado de Coria es uno de los más grandes en extensión, importante y rico. La iglesia catedral está dotada con arcedianos, prior, arcipreste, tesorero y un maestrescuela. También tiene un chantre, un deán, ocho canónigos, seis racioneros y treinta capellanes. Lo que da idea de su importancia. La riqueza le viene de sus rentas, que pueden llegar a valer veintidós mil ducados.

Las celebraciones que organizó la familia se hicieron famosas en todas las ciudades de Cáceres. Los padres entregaron un donativo de bastante cantidad al obispado para sus obras de caridad, asunto que aireó el deán, enterándose toda la ciudad. Ese día comió la familia con las autoridades que habían acudido, una comida formal, pero a la semana siguiente invitaron a comer a los amigos y se repartieron dulces a todos los vecinos de Coria.

Aquello tuvo su fin, pues la rutina de la vida siempre termina imponiéndose, y don Alonso seguía pasando muchas horas fuera de casa atendiendo sus quehaceres, doña Catalina quejándose como siempre, y él tenía que dar las explicaciones con todo lujo de detalles:

—Catalina, ¿te acuerdas de la boda de la Asunción que se celebró el miércoles pasado a las siete de la mañana? Pues no sabes los problemas que he tenido porque siendo viuda se quería casar en domingo.

—Pues que el cura no la case en domingo y listo.

—¡Ay, Catalina! Que la viuda amenazó al cura y le dijo que le iba a denunciar ante el obispo, sí, nuestro hijo Pedro, y este me pidió ayuda. Tres días luchando con ella, que decía que se arrejuntaba y nosotros tendríamos la culpa de su pecado mortal. Y no te cuento más cosas porque es interminable, es el cuento de nunca acabar… —Parecía que se callaba, pero seguía: — Y hace un par de meses, cuando le dio al hijo del Gervasio por ir a requerir deshonestidades a las mujeres que lavaban en el río… ¿Te acuerdas? Pues, junto con los regidores, tuvimos que leer todas las leyes y fueros hasta encontrar la solución a este problema. Entonces ordenamos y mandamos que ningún hombre, ni mozo ni casado, se acerque a las mujeres en el río, los caños o el tendedero ni las esperen en el postigo de la ciudad. A cualquiera que hiciese esto y le fuese probado se le hará preso y pasará tres días en la cárcel. ¿Crees, Catalina, que esto no es responsabilidad y trabajo?

Cualquier ocasión era buena para explicar su difícil y comprometido trabajo a todo aquel que estuviera dispuesto a escucharle. Debía enfrentarse a las personas que obraban mal sin que después recelasen de él para que la ley se cumpliera. Debía velar por que los impuestos se cobrasen, pagar al rey y cumplir con sus obligaciones para favorecer a todos los vecinos sin causar daño a nadie.

LIBRO III

LAS EMOCIONES

DOÑA SAGRARIO CARVAJAL

La vida proseguía sin más problemas, don Pedro y doña Sagrario se fueron a vivir a la casa episcopal que había reparado el obispo anterior, don Pedro García de Galarza. También construyó una suntuosa capilla en el lado del Evangelio en donde se guardaban las santas reliquias. Parecía que todo iba bien en la nueva casa episcopal, hasta que doña Sagrario dijo que no tenía suficiente con la criada que hacía los trabajos más duros. Lavar, cocinar y limpiar una casa tan grande era más que suficiente para una persona. Ella debía ordenar, planchar y repasar la ropa, y además notaba que estaba perdiendo vista y con todo este trabajo no tenía casi tiempo para sus devociones cristianas. Les pidió a sus padres que, como no se podía casar por la dedicación a su hermano ni le iban a dar dote, que le regalaran una esclava.

Antes de plantear a sus tres hijos la donación de una esclava, don Alonso se reunió con el obispo para preguntarle su opinión y si no sería mejor que la dotación se hiciese a nombre de él en vez de a Sagrario. El obispo aconsejó que debía hacerse la donación solo a nombre de su hermana, asegurando que era mejor que el suyo no apareciese, pues, aunque muchos eclesiásticos disponían de esclavas, en el sínodo de 1554 el obispo Martín Ayala advirtió de que muchos clérigos tenían en sus casas mujeres de mil colores y esto suele ser escándalo del pueblo. Que se consideraba sospechoso de concubinato cualquier mujer que no es la madre ni la hermana ni hija de hermana, ni tía hermana de padre o madre. Así que, si su hermana Sagrario necesita una esclava que la ayude, que entre en casa a su nombre y su servicio para que él no pueda ser acusado de nada.

Entonces yo contaba quince años y ya sabía hacer de todo. ¿Quién mejor que yo?, pensaron los padres. Convocaron a los tres hijos y les propuso mi donación a favor de Sagrario.

—No sé si estoy muy de acuerdo, aquí en casa hay mucho trabajo por hacer, —se quejaba doña Leonor—. Aquí estamos los padres, mi marido y yo y mis hijos.

La madre iba a responder airada cuando el padre respondió a su hija mayor:

—Nosotros ya tenemos a Ana para la cocina, a Ysabel para la ropa y las compras y a Dominga para limpiar y lavar. ¿No podrías tú ayudar un poco en las tareas más livianas? Además, tu madre y yo estamos pagando los estudios de tu hijo mayor en Salamanca para que sea un hombre con estudios. ¿No te parece bastante?

—Bueno, es que pagarle los estudios a tu nieto sabiendo que es inteligente es lo que siempre he esperado. ¡Qué mejor que tu nieto sea como tú! —protestó.

—Me parece que eres un poco envidiosa, hija. Piensa que tú estás casada y tienes a tus hijos, la pobre Sagrario ha consagrado su vida a vuestro hermano Pedro. Además, hemos pensado que cuando se case tu hija le vamos a regalar una casita que tenemos en Guijo de Coria de vuestros abuelos maternos.

—Bueno, si es así, vale —admitía removiéndose en su silla—, pero yo haré solo lo que pueda, que también he de tener tiempo para ir a misa y rezar mis oraciones a la tarde.

Hicieron una escritura de donación y pasé a ser propiedad de doña Sagrario. Dejar a mis padres y pasar a la casa del obispo lo viví como una novedad, pero otras veces me entristecía. Aunque mis padres vivían muy cerca, me encontraba sola por las noches. Cuando me acostaba en la cama me ponía a pensar, ¿en dónde está mi mundo? ¿qué puedo hacer yo sin tener que contar con el beneplácito de mi ama? Y no encontraba respuestas. Entonces, con mis quince años empecé a darme cuenta de que quizá esto tuviera relación con lo que me decía mi abuela de que lo importante era ser libre, pero entonces como ahora todavía no sé bien qué significa. ¿Será poder elegir lo que quiero comer o la ropa que me pongo? ¡Pero si no soy dueña ni de la ropa que me viste! ¿Será trabajar en lo que te ordenan o en lo que tú quieras escoger? ¿Será vivir aquí en Coria o marcharme a otro sitio? Mi abuela me dijo que sí, que todo eso era verdad para nosotros los esclavos, que nuestra vida era la que escogían nuestros amos para nosotros, pero que había más, mucho más. Claro, que también existían personas libres que podían ser esclavas sin darse cuenta, que se domeñaban ante otros por una comida o por hacerse querer, y nosotras podíamos comprender cosas que ellas no comprendían, pero todo en la vida es difícil.

Siempre había recibido las órdenes de mis amos a través de mi madre. Era ella la encargada de decirme si debía ir a la tienda a comprar algo o ir al cuarto de la costura para ayudar a la costurera; a partir de ahora mi vida dependía del antojo de doña Sagrario.

Me advirtió mi abuela que la vida con mi nueva ama no sería mala, pues ella, que la conoce muy bien desde pequeña, me comentaba que era la mejor de los tres hermanos. La mayor era la menos inteligente y un poco egoísta; don Pedro, muy estudioso, demasiado responsable y rígido, y doña Sagrario, la más bondadosa, amable, sacrificada y siempre dispuesta a ayudar a los demás.

Tenía razón cuando me decía estas cosas. Mi vida con mi nueva señora y con don Pedro no es mala, más bien es buena y fácil, pues no tengo que hacer trabajos duros y sobre todo me tienen en bastante consideración. Me ocupo de que la ropa de los dos esté siempre presta. Si la del obispo requiere mucho cuidado —el alba inmaculada, la sotana negra y la morada bien limpias y cepilladas, los fajines, el solideo limpio y planchado, la mitra y así todo—, la de ella también debe estar impecable, porque él considera que debe ir como hermana de una autoridad eclesiástica y dando ejemplo de dignidad.

Todas las mañanas, desde que les sirvo, después de ayudar a doña Sagrario en su aseo nos acercamos a la catedral para oír la santa misa; a la vuelta les preparo el desayuno. Después, mi tiempo se pasa en ventilar y arreglar los dormitorios, además de las vestimentas del ama y su hermano, como ya he dicho.

Por las tardes, desde los primeros días, nos sentábamos en la sala y, como doña Sagrario decía que le escocían los ojos y que no quería dejárselos entre las páginas, yo le leo los libros de devoción que a ella le gustan, pero también cogíamos libros de la biblioteca de su hermano. Las fábulas de Esopo que explican verdades en forma de cuentecitos, como aquella del lobo y el perro o la de la zorra y las uvas; leíamos las poesías de Jorge Manrique y también obras de fray Luis de León. Muchas de estas obras estaban manuscritas y no impresas. Lo malo era cuando don Pedro nos pillaba leyendo el Libro de buen amor o la Tragicomedia de Calisto y Melibea, entonces se enfadaba y nos decía que esos libros no estaba bien que los leyésemos, que trataban de alcahuetas que con artimañas hacían pecar a los hombres.

A media tarde, acudía el obispo a la sala y merendábamos algo nuevo que había venido de las Américas, el chocolate, que nos lo traía la criada en unas jícaras; la mía era de cerámica y la de mis amos de plata. Sobre todo, en invierno y cerca de la chimenea, aquella bebida amarga y caliente entonaba el cuerpo. Después llamaban a la sirvienta y los cuatro rezábamos el rosario.

Mientras tomábamos el chocolate o cuando les servía el almuerzo o la cena yo los oía y presenciaba cómo se comportaban entre ellos. Me sorprendió uno de los primeros días, cuando al servir la mesa don Pedro la recriminaba:

—¡Ay, hermana! Que esta mañana te he visto llegar a misa tarde. ¡Qué poco respeto a Dios y a su representante!

Ella, sin contestar, bajó la cabeza. Él insistió:

—No es que sea pecado llegar con la misa empezada, pero antes del Evangelio, es sobre todo por el qué dirán los que te vieron. ¡La hermana del obispo y llega tarde! ¡Que no se repita!

Y es que don Pedro, tan rígido, ojo avizor, lo columbraba todo desde el altar.

No tengo hermanos, pero yo creía que estos solo reñían en los juegos cuando son niños y no ya tan viejos como son ellos.

Mi ama es una mujer libre y debía haber podido hacer con su vida lo que le hubiese gustado, pero ser mujer, obedecer a sus padres y tener un hermano clérigo, aunque la dejaron que asistiera a las clases de latín del hermano, creo que la han convertido en una esclava, no como yo porque ella tiene dinero, pero veo que ahora todo lo que ha hecho y hace tiene que estar sometido a la aprobación de la familia. ¡Pobre!, lo feliz que podía haber sido en la vida y lo desgraciada que debe de ser, aunque lo disimula.

Hace unos días, la amonestaba:

—Sagrario, abróchate el botón de arriba de la blusa. No está bien que vayas así a la calle.

—Pedro, ¡que hace mucho calor! ¡Que estamos en verano! —rogó la mujer.

—Nada, Sagrario, nada. ¡Que no está bien y menos siendo mi hermana! ¡Qué dirá la gente!

Y la cantinela de la ropa, desde que vine a vivir con ellos hasta hoy, siempre lo mismo:

—Sagrario, no te vistas de color violeta, que eso es

para las jóvenes y tú ya no tienes edad. Mejor te va el azul oscuro con cuello blanco en verano y el negro en invierno.

Doña Sagrario me pide que la ayude a cambiarse de ropa sin decir nada, yo creo que porque sabe que no puede escapar de la situación. Incluso para estar en casa le recrimina sus costumbres:

—¡El pelo recogido en un moño o dos trenzas sujetas en la nuca y debajo del pañuelo! Puede llamar cualquiera y esas no son formas de estar de una mujer honesta.

El tiempo pasa y tiene sus cosas buenas y también malas. Fiestas y muertes. Así es la vida para todos, libres y esclavos.

EXCOMULGAN AL CORREGIDOR POR EL CASO DE LOS TOROS

Una de las misiones de don Alonso como corregidor era autorizar las procesiones y las fiestas del lugar. De todos los festejos que se organizan en Coria el más grande es el que se lleva a cabo por San Juan, desde el veintitrés al veintinueve de junio. Los toros corren libremente por las calles.

La celebración comienza cuando el corregidor, vestido con el traje de ceremonia, da a conocer la elección del alférez mayor, escogido entre los regidores de la ciudad, que es el encargado de alzar el pendón real y disponer todos los actos para el disfrute y recreo de los caurienses y de la gente de los alrededores que se acercan a divertirse, que vienen y no pocos.

Lo más emocionante de esta fiesta es cuando se sueltan los animales por la calle. Se traen de las dehesas cercanas, son grandes y bravos que saben embestir. Corren por el interior de la ciudad cerrándose puertas y postigos de la muralla para que no puedan escapar. Por las calles van barriendo a los mozos, que unos huyen y otros los citan llevando un saco o una tela en la mano. En ocasiones se pasa muy mal rato, hay toros que parecen saberse todos los trucos y de pronto se dan la vuelta cogiendo o dando volteretas a los corredores desprevenidos que vienen detrás empujando. Más de una vez ha habido alguna herida por asta que lo hace pasar mal a la familia del corredor y a todo el pueblo. Cuando el astado pone en peligro a uno de estos mozos, otros salen al quite cruzándose por delante para que deje de perseguir al primero. Las puertas de las casas se cierran y las mujeres se asoman a balcones y ventanas desde donde ven cómo los hombres juegan con la suerte. En ocasiones, cuando el toro está lejos o desaparece de la calle, las mujeres también tienen ganas de sentir el peligro y abren la puerta de las casas y se asoman mirando hacia donde han desaparecido los mozos y el cornúpeta. En cuanto estos vuelven corriendo, ellas entran despavoridas en los portales como por ensalmo.

A los hombres jóvenes parece que les gusta pasar miedo, se emocionan, sudan y ríen. A las mujeres también nos gusta el espectáculo y, cuando se ven situaciones de peligro se siente como si el corazón se fuese a salir por la boca y, aunque no quieres verlo, no puedes dejar de mirar para observar el desenlace. Al final, jugar con toros y pasar peligro da sensación de alegría, bienestar y todos terminan excitados.

Se juega con un toro hasta que se desjarreta y pierde todas sus fuerzas. Luego a la tarde o a la mañana siguiente se corre otro, así hasta que los mozos aguantan.

Siempre se han corrido los toros sueltos y con las puertas cerradas, y me contó don Pedro que debe de ser una fiesta muy antigua, desde los tiempos de unos hombres primitivos que se llamaban vetones, pero en 1593 el papa Pío V prohibió las fiestas de toros. En España, un erudito, don Manuel Rodríguez, el lusitano, que estudiaba en la Universidad de Salamanca sobre las artimañas de los comerciantes en las compras y ventas, en las ventajas que se podían obtener si se vendía por necesidad o no, no se le ocurrió otra cosa que meterse a interpretar el documento del papa. Pontificando sobre un tema que no conocía como lo entienden los caurienses, dijo que estaba «Prohibido en los días de fiesta correr los toros por las calles de la ciudad cerradas de tal manera que no puedan huir. Verdad es que pueden correr los dichos días llevando los pies atados con cuerdas fuertes o estando las puertas de la ciudad abiertas para que puedan huir».

Los toros en Coria se corrieron con el beneplácito del

corregidor, regidores y obispos de Coria y diócesis cercanas, pero el año de 1606 fue excomulgado mi antiguo amo, el corregidor y los regidores. La desgracia cayó sobre la ciudad y las familias de los excomulgados. Doña Catalina andaba mustia y como si no estuviera dentro de sí.

—Alonso, ¡qué dirán y qué vergüenza! Todo es por culpa de los malos tiempos, mucha envidia es lo que hay.

—No te preocupes. ¡Jueces tiene Castilla![17] Estamos pensando acudir ante la Real Audiencia de Valladolid a pedir clemencia y perdón.

—¿Qué es la Audiencia? —inquiría preocupada.

—Un tribunal de justicia que obra en nombre del rey. Si dicen que procedimos según la tradición, no podrán perjudicarnos.

—¿Tú crees que os perdonarán?

—¡Claro, Catalina! Queremos que se apliquen nuestras leyes, parece que vienen contra nosotros como una fuerza bruta. Queremos acudir a los jueces para que se nos repare el daño que nos han hecho.

—¡Ay! Yo que siempre he procurado que aparezcas como buen cristiano y ahora excomulgado. ¡Tantas limosnas, tantos sacrificios y buen hacer! ¿Para qué han servido? —se quejaba—. Ahora todo se ha perdido, el respeto, el buen nombre y la fama, todo por tierra.

—No te preocupes tanto, mañana salimos para Valladolid, yo voy en el coche con uno de los regidores, en el

---

[17]Frase hecha: Siglo IX. Apelación a la aplicación de la ley y la justicia en casos de menoscabo a la libertad. Su origen se remonta a la apelación de reparación que se hacía a los jueces de Castilla, Laín Calvo y Nuño Rasura, a quienes se recurría en casos de agravio de las libertades castellanas frente a los usos jurídicos de los reinos de Asturias o León.

pescante Francisco de Paula, como siempre, y para que me sirva como criado allí. No estaré solo. Los otros van a caballo, y allí nos defenderemos y explicaremos. Tranquila que nos darán la razón. Prelados, canónigos y clérigos siempre han participado de la fiesta.

Don Alonso se fue con los otros excomulgados, nada se sabía de cuál sería el resultado. Las familias de todos se impacientaban, pero como doña Catalina nadie. Ella estaba en constante movimiento, entraba y salía de las habitaciones sin saber lo que iba a buscar o hacer en ellas, no paraba quieta. Nerviosa, sin sueño y sin ganas de comer. No paraba de dar órdenes, hoy decía una cosa y mañana la contraria, lo que sí hacía constantemente era mandar a su yerno, el segundón, para que cogiera una caballería y se fuese a Plasencia. Le pedía que se acercase a visitar al obispo para indagar si algo sabía, pero nadie sabía nada.

La tardanza en volver de su marido la consideraba un mal presagio, se había olvidado de que «las cosas de palacio van despacio». Hubo que esperar hasta que el obispo de Salamanca envió un mensajero para informar de que ya faltaba poco para la resolución y de que, aunque no se sabía el sentido, él confiaba en que iría bien para el corregidor y los regidores.

Mediado el mes de agosto acaeció que volvió un criado que los acompañaba para adelantar la buena noticia. El corregidor y los regidores ya estaban de vuelta y habían sido absueltos. Al volver el alba de tres días después los vieron llegar, la voz corrió por el pueblo y todos los que pudieron salieron a su encuentro. Con el mal aspecto por lo sufrido, mal dormidos y el cansancio, subieron al balcón del ayuntamiento y desde allí proclamaron su absolución y comunicaron que la Real Audiencia había reconocido que «en esta ciudad había costumbre inmemorial de correr los toros por las calles, con las puertas cerradas, en los días de San Juan Bautista, Santiago Apóstol y la Visitación de Nuestra Señora»[18].

A los pocos días, el ocho de septiembre, la Visitación, se corrieron toros en Coria con más alegría y regocijo que nunca. Al tercer toque de la campana de la iglesia se soltó el primer toro.

En casa de don Alonso se adobaron los mejores manjares: corderos, perdices y dulces moriscos. Todos los miembros de la familia disfrutaron de la buena comida, excepto doña Catalina, que, sin saber por qué, en vez de aparecer contenta se puso mustia y no hablaba.

[18]Actualmente, se suelta un toro por las calles y se le acaba matando, cuando está exhausto, de un tiro de escopeta.

LA DESAPARICIÓN DE LOS AMOS Y LA ENFERMEDAD DE DOÑA SAGRARIO

Pocas semanas después de que la vida volviese a ser la de siempre, la señora dijo:

—Siento que el corazón se me ha roto y no puedo respirar bien.

—¿Qué tonterías dices, cariño? Si precisamente ahora he vuelto, no he enfermado con el disgusto y me he dado cuenta de que te quiero tanto que voy a pedirle al rey que me libere de su representación como corregidor.

Ella se mostraba triste, lloraba de vez en cuando, fue perdiendo el apetito, no salía de casa ni ordenaba nada a mi madre. Todo lo dejó en manos de su hija doña Leonor. Casi siempre estaba en su dormitorio arrodillada en el reclinatorio delante de una imagen de la Virgen. Mi madre la ayudaba a levantarse y la sentaba en un sillón cerca de la chimenea del salón y allí dormitaba. Nada la alegraba y alejaban a los nietos para que no la molestasen. Lo más raro es que no le importaba lo que pudieran comentar los vecinos, es mas, parecía que ya nadie existía para ella.

Un día dijo que no se levantaba de la cama y, aunque la obligaban, ella seguía dormida, hasta que una tarde se la encontraron muerta en su butaca, sin haber dicho ni pío. El médico dijo que había muerto de lo que había sufrido mientras su marido estuvo excomulgado, que aquello le desgastó el corazón.

Si la excomunión de don Alonso fue un mazazo para doña Catalina, la desaparición de ella fue lo peor que le podía pasar a su marido. A él, que siempre había sabido controlarse y no dejarse llevar por los problemas pequeños, ahora todo le venía grande. No sabía en dónde estaba ni lo que tenía que hacer. Su hija doña Leonor, ya baronesa de Guijo de Coria, por la muerte de su madre, se hizo cargo de la administración de la casa y su marido, el segundón del conde de Valtajo, se ocupaba del ganado como lo había hecho desde que se casó. Don Alonso pidió a los regidores que se ocupasen de pedir al rey que lo eximiese de su cargo de corregidor.

Cuando le llegó la licencia de toda responsabilidad, ya había fallecido. Nadie, ni el médico, supo de qué había muerto. A veces, qué tonterías sin sentido hacen tanto daño a las personas. Pío V pudo prohibir las fiestas de toros en general, pero desconocía que en Coria se corría a los toros desde los tiempos primitivos. Recuerdo que don Pedro, que hablaba desde el conocimiento de un obispo, decía:

–Aquí se han corrido los toros desde tiempos inmemoriales. Que eran unas fiestas paganas de cuando los hombres no conocían la fe cristiana. ¿Qué quieren decir esas figuras en granito que conocemos como verracos? Pues seguramente un culto a los animales que eran su tesoro, su comida y su economía. ¡Son más papistas que el papa!

Y en esto debía decir verdad don Pedro, claro que también era su padre el que había estado excomulgado por la causa de los toros. Pero debía de tener razón y todo aquello llevó a la muerte de unos padres y a la tristeza de toda una familia.

El funeral de doña Catalina fue importante, acudieron muchos vecinos, seguramente para hacerse ver por don Alonso y darle ánimos. El funeral de don Alonso fue otra cosa, algo excepcional. Se presentó toda la gente de Coria, junto con todos los regidores. Se desplazaron vecinos de Torrejoncillo, Carzaílla, Moraleja y, por supuesto, de Guijo de Coria. No faltó el obispo de Plasencia, don Pedro González de Acebedo, que todavía vivía y no quiso dejar solo a su compañero concelebrando la misa. También estuvieron presentes otros corregidores cercanos. Yo me imagino que así deben de ser los funerales de los reyes. Pensé que, si doña Catalina hubiese podido saber cómo iba a ser el funeral de su marido, no se habría muerto la primera. Hubiera aguantado para poder asistir a una ceremonia de tanta ostentación en donde las oraciones, los cánticos y las luces de las velas apabullaban a cualquiera.

La hora de repartir los bienes había llegado. Doña Leonor, como era la mayor, se quedó con la casa familiar y el ganado. Don Pedro pidió el carruaje con dos mulas y que el esclavo Francisco de Paula pasase a su servicio, aunque podía dormir en la casa familiar con su mujer Ysabel y su suegra Ana. Quedaron unas huertas junto al río Alagón que fueron para doña Sagrario, que como ella no podía cultivarlas se las entregó a una familia morisca que habitaba en Coria desde antes de la guerra de las Alpujarras, y a cambio le entregaban el diezmo de las ganancias y le surtían de las verduras frescas de temporada.

Enseguida pasaron tres años y observé, mientras leía, que mi ama cerraba un ojo, luego lo abría y cerraba el otro. Aquello lo hacía todos los días, hasta que le pregunté:

—Doña Sagrario, ¿qué le pasa? ¿Le duelen los ojos?

—¡Ay, hija! Que cada día veo peor y compruebo si veo igual de mal con los dos ojos o solo con uno.

—No se preocupe tanto, doña Sagrario. Quizá esté nerviosa —comenté por quitarle importancia y tranquilizarla—. Si quiere, mañana, cuando yo termine las labores de la casa, damos un paseíto por Coria, que, con la primavera, se está vistiendo muy bonita.

Al día siguiente salimos según lo convenido, anduvimos por las calles hasta llegar al castillo de los duques de Alba de Tormes, castillo en el que no vivían. La gente murmuraba que estaban en el palacio de Sotofermoso, en un pueblo que nombran Abadía por el norte de Coria. Al señor obispo le oí que en ese palacio los jardines están adornados con magníficas fuentes y estatuas de mármol antiguas y que recibían a gente muy instruida.

Nos allegamos a una abacería que está cerca del castillo, un pequeño almacén en donde se vende aceite, frutos secos, bacalao, alpargatas, lebrillos, de todo un poco. El negocio es propiedad de una familia morisca, de esas poquísimas que tuvieron mucha suerte y consiguieron eludir la guerra de las Alpujarras alejándose de Granada, pero libres. Allí compramos unas almendras y algo de carne de membrillo.

A la vuelta en casa, doña Sagrario mostró su satisfacción:

—Parece que me ha hecho bien el paseo, tengo ganas de comer y en este rato no he pensado en mis ojos.

—Pues nada, si mi señora quiere, mañana otra vez.

Si no llovía, buscábamos el pretexto de comprar vinagre de Jerez, bacalao, lentejas de La Moraña o alguna otra exquisitez que Diego Maroto, después supimos su nombre, nos servía muy solícito.

Cuando arribó el verano y el calor se puso insoportable dejamos de salir al mediodía, nos acercábamos al postigo y bajábamos al puente cuando faltaba poco para ponerse el sol. ¡Los días eran tan largos! Apoyadas en el parapeto, contemplábamos el correr de las aguas que bajaban acariciando los pilares de este.

—Soy como el agua que discurre por el centro —hablaba tristemente doña Sagrario—. Navego sola por la vida, no me mezclo con nadie, como esas aguas que no tienen experiencia de nada, solo se conocen a ellas mismas. ¡Mira las que van por la orilla! Riegan las tierras y gracias a ellas crecen las plantas: el trébol, las margaritas y las moradas lavandas, más lejos el piorno o escoba blanca, el romero y las jaras. Todas lucen sus colores gracias al agua y las que discurren por el centro van directas al mar sin hacer fructificar nada.

—¡Qué no, doña Sagrario! Usted es muy importante para su familia.

—Sí, para mi hermano, como una criada. Toda mi vida al retortero de mis padres y ahora de don Pedro. Vivo para cuidarle y carezco de libertad. No he tenido otra cosa en esta vida que cumplir los deseos de mi familia, yo no pinto nada.

Verdad es que me acuerdo de todo lo que él la ordena:

—Sagrario, el sábado después del pregón en honor de la Virgen de Argeme, vendrá el alcalde a comer. Sal para recibirle y a hacerle los honores de la casa, puedes sentarte a la mesa con nosotros, pero tú a todo dices amén. Ya sabes lo que te digo.

Si ella muestra cara de disgusto, muy raras veces ocurre, él la reconviene:

—Obediencia, Sagrario, obediencia. Es necesario que los hombres superiores en el orden social y moral dirijamos a los inferiores para que estos alcancen una mayor excelencia.

Y la hermana, en estos ratos de expansión con su esclava, me explicaba:

—Hay que obedecer hija, hay que obedecer. Debo obedecer a mi hermano, que representa las enseñanzas de la Iglesia y, si lo dice la Iglesia, será por mi bien.

Yo callo y la miro. Al darse cuenta de que yo no hablo, continúa:

—Sí, hija, sí. Aunque parezca que no soy libre porque siempre obedezco al obispo, en realidad estoy realizando un acto de libertad, pues le obedezco porque me da la gana y porque pienso que él sabe mucho más que yo de las cosas de Dios. Además, es difícil pensar por uno mismo y acertar. ¡Qué felices sois los esclavos que os lo dan todo hecho!

—Claro, doña Sagrario, claro, tiene usted razón —le contestaba por no llevarle la contraria; era ya tan mayor que mejor dejarla tranquila.

¿Quién era yo, sino una pobre esclava privada de esa libertad, como ella me dijo? Lo que no se imaginan los demás es que nosotros también tenemos sentimientos, lo que nos falta es la libertad y algo de dinero, pero sabemos lo que es sufrir y muy poco lo que es la alegría.

En aquellos paseos, la puesta del sol nos invitaba a disfrutar de todo lo que veíamos desde aquel lugar. La ciudad con sus murallas y la catedral, arriba. En frente los campos, el suelo terroso, casi dorado, como si el sol se arrastrase por la tierra y no quisiera abandonar nuestros campos. Los árboles, primero plateados, después a contraluz más oscuros. El horizonte cada vez más rojo. Un día, no sé por qué circunstancia, mientras el sol ya estaba en la línea por donde se escondía, vi algo extraño que no he vuelto a ver: primero la gran bola de fuego era roja, luego anaranjada, pareció amarillear y, ya al decir adiós, nos envió un destello verde que desapareció muy rápido. Tuve miedo. Doña Sagrario no pudo contemplarlo, pues no quería mirar al sol, decía que podía quemarle la poca vista que le quedaba.

A principios de julio, una de las tardes, nos encontramos con Diego. Que iba montando un pollino con alforjas. Esperaba atisbar la llegada de un carro con mercaderías de Jerez, vinos y vinagre, que tenía que haber llegado a Coria hacía cuatro días. Pasados dos o tres días volvió a aparecer y, sin acercarse, nos saludó con la mano. Hoy me doy cuenta de que aquellos encuentros no eran fortuitos, sirvieron para tener noticia de nuestros paseos.

Cuando nos separamos del comerciante, doña Sagrario se quedó pensativa y, al rato, me dijo:

—Estos cristianos nuevos de moros son trabajadores

y hacen un trabajo necesario en las villas y pueblos en donde viven.

—Sí, señora. Se ganan la vida como pueden, no tienen tierras, pero se afanan en otras tareas.

Los paseos tranquilizaban a mi ama, pero la veía triste y preocupada, hasta que un día ya dijo claramente a su hermano que con el ojo derecho casi no veía. Poco tiempo después, don Pedro comentó que le habían hablado de unos médicos muy buenos de Fregenal de la Sierra. Eran superiores a otros por sus estudios académicos y defendía que estar bien formados era una garantía para remediar las enfermedades de los pacientes. «Están un poco lejos, pero, si te ves mal y quieres, se puede intentar una consulta con alguno de ellos». Una semana después, doña Sagrario propuso que para cuando pasaran los calores quería ir a visitar a los médicos.

EL VIAJE A FREGENAL DE LA SIERRA

Se preparó todo para mediados de septiembre. El viaje lo haríamos en el carruaje. Mi padre aparejó todo. Él en el pescante, mi ama y yo en el interior.

Don Pedro, antes de salir, aleccionaba a mi padre,

—Francisco, cuidado con esos caminos, que algunos están muy averiados para andar con los coches.

—No se preocupe, don Pedro, que iré con mucho cuidado.

—Que los mejores caminos fueron los que construyeron los romanos. Solo tres están bien para viajar: *Iter ab Emerita Asturicam* —De Mérida a Astorga—, *Iter ab Hispali Emeritam* —De Sevilla a Mérida—, e *Iter ab Olisipone Emeritam* —De Lisboa a Mérida—.

Sabía tanto latín que siempre andaba soltando latinajos.

—De acuerdo. Don Pedro, tiene usted razón.

—¡Y cuidado con los albergues! Mejor no paréis en posadas, que la mayoría de los que las regentan son cristianos nuevos de moros y también nido de arrieros que vienen de Andalucía. Parientes de gentes de mal vivir que se encubren entre ellos. Cuando lleguéis al pueblo en donde corresponda hacer noche, acudís al cura y mi hermana que se presente como hermana del señor obispo de Coria. Ahí, ya no pasaréis cuidado y el sacerdote estará encantado de hacerme este favor —nos aconsejaba.

Los dos primeros días estaban claros y la luz sacaba a relucir todos los colores del campo. Atravesamos leves montañas, valles y humedales. Cerca de los pueblos, campos de cultivo. Las perdices volaban a millares, también se veían muchas palomas y tórtolas. Hicimos noche en Cáceres y otra en Mérida. El tercer día amaneció lloviendo y así estuvo hasta que llegamos a Zafra, no es que hiciese mucho frío, pero parecía un anuncio del cambio de estación. Durante el viaje, mi padre le relató a mi ama todo lo que sabía de esas tierras, las que había visitado con su amo el señor Talaverano. También le contó que él nació en Fuente de Cantos y allí pasó su infancia y juventud, un lugar bastante cercano a Fregenal en donde, si Dios le había dado vida, todavía viviría su madre.

Llegamos a Fregenal, fue una sorpresa para mí que solo conocía Coria, aquello tenía categoría de ciudad y estaba rodeada de murallas. En aquel lugar vivía mucha gente y era de las más ricas y con mejores casas de la comarca. Innumerables tiendas de paños y sedas había en sus calles y a ellas acudían para abastecerse los comerciantes de los pueblos de alrededor.

No pudimos pasar por el centro del pueblo para llegar a la casa del licenciado, todavía estaban celebrando las fiestas de la Virgen de la Salud. Las calles y la plaza estaban llenas de gente que veían pasar la procesión de la Virgen a la que acompañaban los danzaores, al ritmo de la música de gaitas y tamboriles. Los bailarines, con vistosas vestimentas de falda, medias y camisas blancas, con cintas rojas y verdes, llevan en la cabeza un sombrero de flores de multitud de colores.

Nos contaron que es muy venerada, pues, hacía años, había hecho el milagro de librar a Fregenal de una epidemia de peste.

Una vez que acudimos a la casa del médico don Juan Vázquez, sobrino del que había sido el famoso licenciado Francisco Vázquez de Arcos, ya tenía conocimiento de nuestra visita. Don Juan llamó a una criada y nos prepararon las habitaciones. Doña Sagrario en la parte principal, mi padre y yo compartimos habitación con un esclavo de la casa.

Nosotros cenamos con los esclavos y nos detallaron la vida de don Juan Vázquez. El tío, don Francisco, había muerto en 1580, y estuvo operando como cirujano hasta muy mayor, ya con ochenta años. Había estudiado en Alcalá de Henares y ejerció en el monasterio de Guadalupe. Además de curar a miles de enfermos, era muy famoso porque había escrito *De recta curandorum vulnerum ratione et aliis eius artis praeceptis*; aquellas palabrotas indescifrables nos dijeron que querían decir «Método verdadero de curar las heridas y otros preceptos de este arte». Este buen cirujano había enseñado su ciencia a su sobrino Juan Vázquez, que también ya era mayor, y a muchos extremeños que también son famosos.

También nos contaron que a don Juan le habían nombrado alcalde ordinario y era uno de los más ricos. Tenía ganado y propiedades rurales y, en la casa, bastantes esclavos a su servicio.

A la mañana, doña Sagrario fue examinada con diferentes aparatos que poseía el galeno. Volvimos a la tarde y el resultado, desgraciado mal, fue una enfermedad que no tenía cura, pero que se podía retrasar o contener con muchos cuidados.

Le dijo que no se tenía que poner nerviosa por nada ni enfadarse con nadie, debía dormir todo lo posible, para lo que le recomendó unas infusiones después de cenar y siempre que se viese intranquila. Comer mucha fruta del tiempo y siempre que pudiese tomar cerezas, moras, arándanos, frambuesas y varias más que fuesen de color rojo, que era lo mejor para su mal.

Le convenía pasear por el campo y distraerse, pero no le debía dar el sol en los ojos, por lo que necesitaba llevar siempre una toca o sombrero que le hiciese sombra sobre los mismos.

Mucho la animó a olvidarse de su mal y estar tranquila, contenta y reír lo que pudiera, tanto que al iniciar el camino de vuelta le dijo a mi padre que, si quería ir a ver a su madre, podíamos acercarnos.

Antes de iniciar el camino, doña Sagrario quiso pasar a venerar a la imagen de la Virgen; después de orar un rato salimos y ella me dijo que en esta vida había que hacer de todo, rezar y trabajar, ella seguía las indicaciones del refrán «a Dios rogando y con el mazo dando». Trataba de ponerle remedio a su enfermedad con la sabiduría terrenal del médico y rezando a los Cielos. Que no quedase ni un palillo sin tocar.

Cogimos camino hacia Fuente de Cantos pasando por Segura de León, que era pueblo muy conocido por mi padre. Sobre el mediodía y estando cerca, vimos caballistas, se acercó uno a nuestro carruaje y nos advirtió para que parásemos, porque estaban en fiestas de las capeas y llevaban a los toros a la plaza del pueblo para diversión de los vecinos. Mi padre nos contó que se había olvidado, pero que a mediados de septiembre se celebraban estas fiestas y que él había estado alguna vez viéndolo desde un entablado de madera y que más bien la diversión eran los nervios que pasaban los jóvenes haciendo regates a los toros. Algo parecido a los sanjuanes de Coria.

Por el camino yo estaba alegre, pero también preocupada. Pensaba que después de tantos años sin ver a su madre iba a ser un trago duro para mi padre. ¿Y si la madre había muerto en estos años pasados? ¿Y si estaba muy vieja que no era capaz de reconocer a su hijo? Sería muy triste para él. Al atardecer llegamos a la casa en donde había vivido mi padre.

Nos salió a recibir una mujer algo más baja que mi padre, pero alta, parecida a mi madre. Se miraron un par de segundos… y se abrazaron, no podían soltarse y lloraban de alegría. Verlos abrazados y cómo derramaban lágrimas cubriendo sus caras hizo que la emoción nos embargase a todos los que presenciamos el encuentro. No podía entenderlo, algo tan bueno nos hacía llorar.

Salió a la puerta una señora mucho más mayor que la que debía de ser mi abuela y, al verlos, también fue presa del mismo sentimiento, aunque pasado un buen rato fue la primera que habló. Nos hizo pasar a todos a la cocina, frente a una huerta muy bien cuidada.

Nos hospedamos esa noche en aquella casa. Mi padre y yo cenamos en la cocina con mi abuela y dormimos en su habitación. Doña Sagrario cenó con el ama y le dispusieron un dormitorio para ella sola.

Mi abuela tendría unos cincuenta y tantos años o sesenta, como mi otra abuela. Era alta y bastante delgada, parecida a mi padre, tenía el pelo rizado, casi todo blanco, pero el poco que le quedaba de su antiguo color era como había sido el de mi abuela, el de mi madre y el mío, muy negro.

Se tocaba con un pañuelo blanco en la cabeza, el resto de la ropa era negra, hasta el delantal que llevaba puesto. Su piel también era morena, bastante rugosa y muy curtida, seguramente por el sol que recibía cuidando las plantas del huerto y sachando las malas hierbas de este. Sin embargo, sus ojos, aun rodeados de arrugas, eran dulces y sonrientes como su boca.

Pasamos a la cocina y mi abuela Juana se puso a preparar la cena. Un rico ajoblanco, con pan, ajos, almendras, agua y aceite, al que acompañó con uvas e higos frescos. Mientras, mi padre le comentaba la buena salud que tenía su suegra Ana y le describía lo guapa que era mi madre. Mientras ella me tenía sentada cerca y, de vez en cuando, me miraba como extasiada y me acariciaba la cara. Le debía de dar tanta alegría que me decía que era la nieta más guapa que nunca había visto, al fin era mi abuela.

A la mañana siguiente nos despedimos con lágrimas, la alegría de la noche anterior parecía transformarse en pena y a mi abuela le caían las lágrimas por las mejillas sin querer soltarse de mi padre.

—Tranquila, Juana —decía doña Sagrario—. Tengo que volver al cirujano el año que viene y le prometo que vendré con su hijo y su nieta.

—Gracias, señora. ¡Es usted muy buena! Y a mi señora también le doy las gracias por acogerlos. Espero que Dios me de salud para volver a veros.

Abracé a mi abuela y me subí al carruaje sin mirar atrás. Mi padre no habló en todo el día, solo respondía si mi ama le hacía alguna pregunta.

Yo hice todo lo posible por distraerme contemplando el paisaje. Solo habían pasado cinco días desde que salimos de Coria, pero el campo empezaba a mostrarse diferente. La luz parecía que empezaba a ser más blanquecina, menos dorada; la poca lluvia caída hacía unos días estaba devolviendo el verde a los pastos. Los árboles todavía no tenían el color rojizo, pero algún castaño empezaba a amarillear. Parecía temprano para la llegada de las grullas que pasan aquí el invierno, sin embargo vimos algún grupo cruzando el cielo con su incesante trompeteo anunciando los próximos fríos. Aquí se mantendrían alimentándose con las bellotas en las dehesas.

LA VUELTA A CORIA

Una vez arribamos a Coria, doña Sagrario no quiso contar a sus hermanos que la enfermedad de sus ojos era incurable. Les dijo que el cirujano le recomendó mucha tranquilidad y les explicó que su enfermedad tardaría mucho en mejorar o quizá se quedase así para siempre.

A mí me pidió que le apremiase al abacero para que le sirviese los frutos que le habían recomendado. A partir de entonces paseábamos todo lo que el tiempo nos permitía y yo trataba de distraerla cantándole las canciones que me había enseñado mi abuela, en especial le gustaba mucho una que hablaba de una mora:

Que no venga la mora,
la mora, con dientes verdes.
Toda la noche, mi niño,
ligero duerme.
Duerme ligero, mi niño,
que, si la mora viene,
en el sueño escondido
no podrá verte.
La mora grande,
la mora, con dientes verdes,
no llames a mi niño,
ni lo despiertes.

Se la cantaba cuando íbamos por los campos, cerca del río, y me tenía prohibido cantarla en casa, no fuese que la oyera su hermano y viese pecado en donde no lo había.

Hasta mediados de noviembre, si no llovía, salimos a pasear, mientras bajábamos al puente veíamos cómo el campo cambiaba sus colores. La lluvia hacía que el suelo cobrase un nuevo verdor, los árboles perdían su verde intenso, los castaños pasaban a ofrecer un ocre amarillento, sus erizos rotos ofrecieron las castañas, más tarde sus hojas se volvieron rojizas y cayeron al suelo. No había muchos cerezos, pero estos también pasaron por la misma gama de colores hasta que perdieron todas sus hojas.

Diego volvió a hacerse el encontradizo y un día me oyó cantar eso de «Que no venga la mora, la mora», él también conocía la canción y la cantamos juntos. Poco después, en otra ocasión nos contó que estaba muy contento porque su hermana pequeña, que tenía trece años, había entrado de criada con una cristiana de Coria. La señora le hizo un contrato por cinco años y le había regalado unas sayas, una toca y unos zapatos, todo nuevo. Le gustaba que su hermana saliese a la calle y hubiese dejado las prendas del reino de Granada, que vistiese al estilo de los cristianos viejos de estas tierras. Aquellas prendas diferenciaban y desprestigiaban ante el resto de los vecinos, mejor ser uno más.

—Me gusta Diego —puntualizó doña Sagrario cuando nos separamos de él—. Dice mucho eso de que le guste que su hermana se gane la vida y sobre todo que sea una más entre nosotros. ¡Qué verdades dicen los refranes! «Cuando a Roma fueres, como romano vivieres».

En el siguiente encuentro nos dijo que había estado recogiendo castañas para su familia, pero nos regaló un buen puñado para que asásemos en casa.

Otra vez, después de dos o tres días de lluvia, nos explicaba:

—Dos días de lluvia y la temperatura templada, va a ser buen año de setas. He estado buscando y unas pocas ya llevo.

—¿Cuáles ha cogido hoy? —me interesaba, algo me empujaba a hablar con él y doña Sagrario no decía nada.

—Debajo de los alcornoques y robles he encontrado todas estas setas calabaza[19] y debajo de unos castaños estos pocos rebozuelos.

Me pidió que levantase el delantal y nos regaló unas cuantas.

—Este hombre parece trabajador y está interesado por ti. Además, tiene un negocio —me decía doña Sagrario cuando nos despedíamos de Diego.

—¿Y qué voy a hacer yo? —le contestaba—. Soy una esclava, no puedo hacer otra cosa. ¿Quién se iba a querer casar conmigo?, y menos una persona libre. Así que prefiero no pensar y dejar que pase la vida.

—¡Ay, la vida da muchas vueltas! Mira yo, que creía que me iba a casar con un chico que me gustaba, aquí me tienes sin poder hacer de mi capa un sayo. De criada de mi hermano —me confesó.

Desde la vuelta de Fregenal el señor obispo empezó a ser más condescendiente y parecía más bondadoso con su hermana. Doña Sagrario dejó de tener gusto por las cosas superficiales, los vestidos, las fiestas y no le importaban los rumores y cuentos de los vecinos del contorno. Me encomendó que me preocupase de la ropa de su hermano, que ella no estaba de humor para andar comprobando todo. Solo quería que le leyese, salir a pasear si hacía sol y estar abrigada cerca de la chimenea si hacía frío. Los domingos íbamos a la casa que fue de sus padres y allí comían los tres hermanos juntos. A mí me venía muy bien, pues pasaba unas horas en la cocina con mis padres y mi abuela.

Ya en 1608, Ana cumplió los sesenta y dos años. Como ya se habían muerto los amos, le tocó la vez a mi queridísima abuela. La muerte le llega a todo el que nace. Murió rodeada por mi madre y mi padre, yo le agarraba la mano y se la acariciaba hasta que dejó de respirar, momento en que no pude aguantar más y me dejé caer en-

---

[19]Se trata de *boletus edulis.*

cima de ella, desconsolada, llamándola. ¡Tantas cosas me había enseñado! ¡Tanta confianza me demostró! No podré olvidarla por muchos años que viva.

Su funeral fue diferente al de los amos. La misa la dijo el deán. Acudió doña Leonor y el segundón. Doña Sagrario y don Pedro. También asistió la familia granadina que poseía la abacería y la otra familia, del mismo origen, que trabajaba como jornalera en el cuidado de las huertas, entre ellas las de doña Sagrario. Todos habían hecho amistad con mi abuela y quisieron acompañar a mi madre en esos momentos.

Estas familias tuvieron más suerte que nosotras. A ellos los llamaron moriscos de paz porque eran gente de Granada que no se había levantado contra el poder real. Los gobernantes pensaron que cuantos menos moriscos hubiese por las tierras de Granada más aislados estarían los rebeldes de las Alpujarras. Se los fueron llevando antes de la rebelión a otras provincias de Castilla escoltados por soldados y detrás los carros con sus pocas pertenencias, pero como personas libres, no como esclavos.

En aquella misa lo pasé muy mal, habíamos enterrado a mi pobrecita abuela, mi madre tenía a mi padre para consolarla, pero yo me sentía peor que nunca en la vida. A la salida, mientras se me nublaba la vista por las lágrimas, se me acercó Diego, el hijo de los abaceros.

—¿Puedo acompañarlas a su casa? —inquirió Diego mirando a doña Sagrario. Esta afirmó con una inclinación de la cabeza.

—Siento mucho la muerte de tu abuela, me han dicho que era muy buena mujer. Piensa que estará en el cielo, cerca de Dios, ella velará por tu vida.

Yo no podía contestar y solo le di las gracias.

—Mi abuela era mucho mayor que la tuya —siguió hablando—. Pertenecía a los moriscos de paz y cogió el tifus por el camino a estas tierras. Mi padre llegó aquí con unos primos cuando tenía quince años y se casó con una de sus primas.

Al llegar a la puerta nos despedimos. Una vez dentro, doña Sagrario insistió:

—Me gusta este hombre. Dentro de unos días estarás más animada y quizá pienses en él.

En esos momentos, esas palabras no me decían nada, pero un día que llovía, fui sola a la abacería a comprar chocolate para la merienda. Después de pagar me regaló unos dátiles y me habló a lo llano:

—Te voy a ser sincero, te tengo corazón y voy a tratar de que tú también me lo tengas.

—Es imposible —le respondí—. Cualquier amor entre nosotros es vano. Sabes que soy esclava, no soy dueña de mi vida ni de mis actos.

—Si solo es eso, ya buscaremos la solución. Yo quiero casarme contigo.

—No puede ser. ¿No ves que siendo yo esclava nuestros hijos serían esclavos? ¡Ya me gustaría formar una familia! Pero lo pienso bien y no quiero tener hijos, si los tuviera, quiero que sean libres para andar por donde quieran y hacer lo que se les antoje.

Salí corriendo, pero no olvidé los dátiles, que me los

comí por el camino, algo tenía que endulzar lo que yo veía como mi pobre vida.

Al día siguiente dejó de llover, salió un tibio sol de invierno y, nada más terminar de comer, le dije a doña Sagrario si quería salir a pasear un rato. Aquella tarde no vi a Diego, ni durante los siete días siguientes, lo recuerdo perfectamente.

Al octavo día apareció por el puente y me pareció que estaba más delgado.

—Dejadme un rato sentada aquí y daros una vuelta pequeña, hasta el final del puente —dijo mi ama.

En tan corto espacio, Diego me dijo que no podía dormir, que había tratado de olvidarse de mí, pero que no lo conseguía pues por la noche, en la cama, se le venía mi imagen y le entraba una gran tristeza. Me llamó su cielo, algo que solo se lo había oído a mi abuela.

—Si todo depende de tu situación como esclava, ¡yo voy a resolverlo!

—No creo. Lo único que no puede hacer mi ama es matarme, hasta pegarme puede si quisiera, estoy sometida a su voluntad. Por suerte, es buena y yo la complazco en todo, por lo que nos llevamos bien, pero ella está enferma y me necesita. ¡No soy su criada, soy su esclava! —respondí con rabia—. No creo que puedas —musité, agachando la cabeza, y comencé a andar lentamente hacia donde estaba sentada mi ama.

Antes de llegar, él me agarró del brazo y me confesó:

—Creo que te quiero y estoy decidido a luchar por tu amor. He escrito una poesía que tengo aquí. ¿Quieres que te la lea?

No pude responderle, sentí un nudo en la garganta. Inclinando la cabeza le invité a leer.

¿Qué tendrá Zoraida
que en su cara dos lágrimas tiemblan…?
Por sus negros ojos

vaga la tristeza
y al dolor está abierta su alma
como se abre la lluvia a la tierra…
Sobre el rojo fresón de sus labios
la sangre se seca
y en su boca se quiebra armonioso
el cristal de su risa agarena…
Su alma parece
que está como presa
en un viejo castillo morisco
donde el Sol del Desierto se besa…
Castillo que guarda el encanto olvidado
de extrañas leyendas,
donde el suave rumor de los surtidores
aún evoca el recuerdo de guerras…

El poema era mucho más largo y cuando terminó de leerlo se despidió y, de forma disimulada, me entregó el poema y me acarició la mano. Aquello hizo que me estremeciera y un relámpago por todo el cuerpo me sacudió. Deseé que la vida se detuviera en ese momento, me encontraba sorprendida, aturdida y no sabía qué pensar.

Al día siguiente volvió a llover, ya se venía diciembre encima. Pocas salidas tendríamos. Pasaron diez días sin verle y le pregunté a la señora si quería alguna cosa de la abacería y allí me dirigí a comprar jabón. Al entrar salió el padre de Diego.

—¿Qué se le ofrece? —me preguntó.

—Jabón para las manos, de uno que me vende Diego. ¿No está él? —me costó preguntar.

—Solo tenemos este, el de siempre.

—De acuerdo. Me llevo el jabón. —Venciendo una gran vergüenza, me decidí a preguntar por segunda vez. — ¿No está Diego? ¿Está enfermo?

—Está muy bien, pero anda de viaje. Ha cogido una mula y tenía intención de acercarse a Ávila o llegar hasta

Arévalo para ver a un tío y unos primos, los Maroto. Quiere hacer algún trato con ellos.

Yo volví desolada. ¿Por qué, si estaba decidida a no hacer caso de sus proposiciones, me entristecía? Fui a mi habitación y volví a leer el poema, había unas frases que me llegaron bien hondo:

¡Está ahora más triste…!
¡Quizás de esa cita lejana se acuerda…!
Sus pechos descansan
allá en el alfeizar…
y sus negros ojos
hunde en las arenas,
como si esperara que una tarde u otra
su príncipe vuelva…

«Señor, ¿por qué no puedo casarme si lo estoy deseando?, ¿por qué mis hijos tienen que nacer esclavos?», pensé.

Pronto llegaron las fiestas de Navidad y me acerqué a comprar alfajores. Esos dulces hechos con pasta de almendras, nueces y miel que hacía mi abuela y llamaba al-hasú. Llena de dudas hice el camino de la casa a la abacería, seguramente Diego no estaría. Temía una decepción.

Al entrar, en el despacho estaba el padre y se me cayó el alma a los pies. En esto se volvió y, echando a un lado con la mano la sarga morisca bordada, dirigiéndose al interior gritó:

—¡Diego, sal!

No me lo podía creer.

Apareció y, cuando el padre hubo desaparecido, me cogió de las dos manos. Después me abrazó y yo no sabía qué hacer. Aquello me gustaba, pero también me asustaba. Nos sentamos y me explicó.

—He estado en Ávila y he hecho un pacto con unos

familiares ricos, los Maroto, los que prestaron el dinero a mi padre para montar este negocio que hemos ido pagando poco a poco. Ellos empezaron como mercaderes y se hicieron ricos trajinando productos, tienen una gran recua de mulas. Ahora han abierto un gran bazar en Arévalo, una villa grande como Ávila y en donde venden de todo. Si tú estás dispuesta a casarte conmigo, y tu ama acepta, ellos me prestan el dinero para comprar tu libertad. A cambio tengo que comprarles productos de los que ellos mercadean. He hablado con mi padre y está dispuesto. —Se emocionaba contando lo que había hecho. Él lo veía como un triunfo—. ¿Qué me respondes? —me preguntó ansioso.

—No puedo contestar, estoy muy emocionada. Mañana te traigo mi respuesta.

Mis sentimientos estaban encontrados, no sabía qué pensar. Me gustaba Diego, pero tampoco quería abandonar a doña Sagrario. ¿Cómo hacer para que los deseos de todos salieran bien? ¿Me estaría equivocando? ¿Mi destino sería ser libre? ¡Ay, si estuviera mi abuela para aconsejarme!

¿Mi abuela? ¡Pero si yo ya sabía lo que pensaba ella!

Pero qué difícil es tomar una decisión de este tipo. Sintiendo que era una traición a mi abuela, le dije a Diego que tenía que pensarlo un poco más, que me diese una semana. Decidí exponer a mi ama el objeto de mis dudas.

Esperé a una mañana en que don Pedro no estaba en casa, era al que más miedo tenía, era bueno y sabía muchas cosas, pero era el más legal y el más frío. Creo que es una persona que no se deja llevar por el corazón, prefería a mi ama que tan necesitada estaba de cariño y creo que me había tomado no como a una hija, pero casi como a una amiga. Le relaté lo que me había pasado con Diego desde el principio.

—Ya lo sé, si bien nunca he tenido amores con nadie,

me di cuenta desde el principio de que le gustabas. Quizá sean mis muchos años los que me abrieron los ojos, pero me extrañó la segunda vez que nos lo encontramos, pensé si podía ser intencionado, después de la tercera y la cuarta vez vi claro que quería estar contigo. Te dije: «Este hombre parece trabajador y está interesado por ti», recuerdo que algo añadí sobre que tenía un trabajo, un negocio o algo parecido. —Me recordó los pequeños detalles de las castañas y las setas que nos había regalado—. Te las regaló a ti para hacerse querer y a mí para congraciarse y que no me opusiera a nada de lo que tuviera pensado. También he visto cuando ha intentado cogerte de la mano, ¡qué pillo! Todo es comprensible cuando se está enamorado.

Ella aceptó mi boda, es más, parecía que me animaba y me alentaba a que la hiciera, pero me dijo que quería hablar antes con su hermano.

Una mañana, mientras yo arreglaba el dormitorio de doña Sagrario, oí la conversación que mantenía con él.

—Pedro, mi esclava se va a casar con Diego, el hijo de los abaceros. Pues bien, he pensado que como regalo de boda le voy a dar la libertad.

—¡Tú estás loca! ¿Cómo vas a hacer eso? ¿Te vas a deshacer de un bien que tienes? ¡Vale mucho dinero y lo vas a perder! Tanto como te gusta leer, pues sabrás que el griego Aristóteles decía «Cuando uno es inferior a sus semejantes se es esclavo por naturaleza». Ella nació esclava y debe seguir siendo esclava. Nuestro rey Alfonso X, al que llamamos sabio, en Las siete partidas reconocía que se puede hacer esclavos con los cautivos en tiempo de guerra, como fue su abuela y su madre, y que los nacidos de otros esclavos son esclavos.

—Claro, Pedro, por eso quiero hacerla libre. Quiero que, si tiene hijos, que los tendrá, sean libres.

—¡No sabes lo que dices! Además, la necesitas y

cuanto más pase el tiempo más la vas a necesitar. Con tu vista...

—Pues sí, Pedro. La necesito, ya he pensado en ello. Pero es buena y ella se dedica a mí sin nada a cambio. Ya sé que es mi esclava, pero todo lo hace de buena gana y veo que se preocupa por mi salud más que nadie. Además, he pensado que en el otorgamiento de la libertad que le voy a dar ella debe cuidarme hasta el fin de mis días como criada.

—Hazme caso, ¡obedece! —gritó.

—Mira, hermano, por una vez voy a decirte lo que siento —afirmó doña Sagrario—. Tengo miedo de lo que voy a hacer, no lo puedo negar. Me dices que no debo desobedecerte, ni a ti ni a la Iglesia, pero hay algo dentro de mí que me dice que yo soy como una esclava. No tengo padres, ni marido ni hijos, no debo obediencia a nadie, nada más que a mi conciencia, sin embargo, me tratas como si fuese una criada que debe obedecer sin opinar. —Don Pedro se dejó caer en un sillón—. Pienso que voy a hacer una buena obra, la primera en mi vida que hago por voluntad propia.

—Hermana, la vida que llevas es la única posible. Es tu destino, ¿cómo vas a cambiarlo? La resignación es una virtud, tienes que conformarte con la voluntad de Dios. ¿De dónde has sacado tú esas ideas de que eres esclava?

—De ti, hermano. Me diste a leer las cartas de san Pedro a los romanos y ahí se decía: «No sabéis que, si os sometéis a alguien como esclavos para obedecerle, sois esclavos de aquel a quien obedecéis». Obedecí a mis padres y no me casé con Ordoño, el hijo del alguacil, aunque me lo propusieron antes de que te hicieses cura, pues me hubiera gustado hacerlo y tener hijos, y me vine a vivir contigo y a cuidar de ti. Te obedezco constantemente en el vestir, en el comer, en la lectura y hasta en el reír, ¿cómo me va a juzgar Dios el día en que me muera si nunca he sido yo misma?

—Voy a pensar en ello, no sé si estarás cometiendo un pecado de soberbia —refunfuñó con desagrado—. ¿Y lo de dejarla libre, eso, de dónde?

—De tus predecesores. El obispo Diego Tello de Deza en 1575 dio la libertad a su esclavo que había llamado como él, Diego de Deza. Y del último obispo, don Pedro García de Galarza, el que fundó el seminario de Cáceres, tuvo esclavos y en su testamento decía que a su muerte debían servir a su hermana durante dos años y después concederles la libertad. Y de ti mismo, hermano, —insistía—. Que eres bueno cuando toca a los esclavos de otros. En el sínodo diocesano que convocaste hace muy poco, señalabas la necesidad de realizar censos de moriscos, tanto libres como cautivos. Los mayores debían ir a misa los días de precepto y los menores de catorce años debían recibir la enseñanza de la doctrina cristiana por sus párrocos. Deben recibir la instrucción antes de bautizarles. Mucho te preocupas de que vivan la fe y sean cristianos, pero cuando te toca de cerca... Cuando es la esclava de tu hermana...

—¿Quieres hablar con el deán o con alguien que te dé confianza?

—Ya he meditado sobre esto y me da miedo, pero no me voy a echar atrás. ¡Estoy agotada! «¡Se obediente, se obediente!» es lo que llevo oyendo toda mi vida. Mis pecados son tonterías y, para una vez que quiero hacer una obra buena, ¿tú me lo vas a impedir? ¡Mi esclava será liberta y sus hijos serán libres!

—Espero que recapacites.

—No, Pedro. Esta vez la que me aconseja es mi conciencia y el cariño que le tengo a ella. La vi nacer cuando yo tenía edad de concebir mis propios hijos, los que no he tenido. He convivido con ella casi toda mi existencia y ella me cuida mucho mejor que si fuese su madre, —afirmaba—. ¿Es que no voy a poder ser libre ni siquiera una vez en mi vida para hacer el bien? ¡Siento que es esto lo que debo hacer!

—Si te pones así, por lo menos otórgale la libertad en la Iglesia.

—Tampoco lo haré así, hermano. Lo firmaré ante un juez o un notario.

Al día siguiente, al volver a casa después de misa, mi ama me confió:

—He pedido a Dios no equivocarme en un paso tan importante para ti y para mí, he decidido algo sobre tu casamiento. Espero que sea la voluntad del Señor y que todo salga bien. Ve a decir a Diego que venga mañana por la mañana a casa, hay que resolverlo pronto, antes de que se puedan torcer las cosas.

Diego fue puntual y le recibió en el salón.

—Usted me dirá, doña Sagrario, pero me gustaría decirle que estoy dispuesto a casarme con María y pasar por lo que usted me diga si accede a ello.

—No hay más aclaración —respondió ella—. Si estáis decididos, tenéis mi bendición.

—Con mucho gusto la recibimos. Ahora quiero plantearle que quiero comprar su libertad, pídame lo que usted quiera, que yo haré lo imposible por cumplir su voluntad.

—Me ha servido tan bien durante estos años y como la conozco desde niña, quiero que me sirva como criada hasta el fin de mis días y, si ella está dispuesta, yo como regalo de boda le doy la libertad para que sus hijos nazcan libres.

—¿Cuántos maravedíes representa esa libertad? —insistió Diego.

—Ninguno, nada. Ya digo que es un regalo.

Diego echó sus manos a la cara y, seguidamente, se arrodilló delante de doña Sagrario y le besó las manos.

—Ella también la quiere a usted y creo que no estaba

dispuesta a abandonarla por mí —reveló—. Permítame, señora —musitó con voz turbada.

Después vino hacia mí y me abrazó. A mi ama también se le caían las lágrimas.

A la semana siguiente fuimos al notario y doña Sagrario firmó el siguiente documento:

En presencia de los testigos doña Leonor Carvajal, baronesa de Guijo de Coria, y don Enrique, segundo hijo del conde de Valtajo, ante mí el notario don Juan Henríquez comparece doña Sagrario Carvajal, de cuarenta años de edad, vecina de Coria, que quiere y expresa su voluntad de ahorrar a su esclava morisca María, de veinte años, hija de Francisco de Paula e Ysabel, por haberla servido bien, con diligencia y cuidado, pues es justo y cristiano ayudarla en su vida.

Con motivo de su casamiento con Diego Maroto, también morisco, le entrega su libertad. A cambio ella le ha de servir como hasta el día de hoy hasta su muerte.

Le recomienda que viva cristiana y ordenadamente, eduque a sus futuros hijos en el temor a Dios y, cuando ella muera, la encomiende a nuestro Señor.

Al salir a la calle, miré hacia el cielo y recordé a mi abuela.

—Si tienes la posibilidad de ser libre alguna vez en la vida, debes serlo, no renuncies. ¡No tengas miedo!

Mis padres me esperaban fuera.

—Yo ya soy mayor y estoy contenta con lo que me ha tocado vivir, no me falta comida ni tengo frío en invierno, pero me alegro por ti y por la abuela si nos está viendo, —me dijo mi madre, abrazándome.

Después fuimos a casa de Diego para contarles a sus padres todo lo acontecido. Su madre me hizo entrar al hogar, pasé detrás de la cortina de seda que la separaba de la abacería y contemplé la estancia. Casi no tenía muebles, colgaba otra seda adornando la pared, una estera de cáñamo en el suelo, yo me quedé mirando y ella me explicó:

—Objetos y cosas de nuestra vida pasada. ¡Muchas dejamos en Granada por buscar una nueva vida! Pero algo me traje, alguna joya que heredará mi hija y un regalo que te voy a hacer como dote por tu casamiento. ¡Pasa conmigo a la alcoba!

Recordé que esa palabra se la había oído a mi abuela. ¡Alcoba, qué bonita me sonaba!

—Lo demás lo hemos ganado trabajando juntos toda la familia. —Sacó unas joyas de un arca—. Mira, estos son dos anillos de oro, uno con una turquesa y el otro con un granate. —Mientras me los mostraba le brillaban los ojos de emoción—. Estas son dos arracadas[20] también de oro y un espejo de plata con esta borla de seda verde. Todo esto quiero que lo hereda mi hija, para ti tengo una cosa muy valiosa.

Se volvió a inclinar hacia el arca y sacó dos almohadas de cama bordadas, dos sábanas y una almalafa[21] de seda azul, bordada con hilos de plata, que cubría desde los hombros hasta los pies.

—Este es el vestido que llevé en mi boda y quiero que lo lleves tú, dentro de poco también serás como una hija.

Un mes después nos casamos.

Dominga me sorprendió con unas perdices escabechadas por ella misma con la receta de mi abuela. Siempre se puede aprender en la vida y librarse de prejuicios.

---

[20]Pendiente en forma de arete con adorno colgante.

[21]Vestidura morisca que cubría el cuerpo desde los hombros hasta los pies.

EPÍLOGO

La historia de la Edad Media en nuestra patria no es el continuo enfrentamiento entre los cristianos del norte y los musulmanes del sur, como algunos quieren ver. Tampoco es la total tolerancia entre cristianos, judíos y musulmanes de aquellos que hablan del ideal de «las tres culturas». Sí, hubo musulmanes en los reinos cristianos, los mudéjares, y cristianos en Al-Ándalus, los mozárabes, que estaban obligados a pagar impuestos que les permitían conservar una restringida libertad religiosa. Pero también hubo cristianos y musulmanes esclavos producto de las batallas en las que fueron hechos cautivos. Numerosas mujeres y niños fueron hechos cautivos y vendidos en los mercados.

Una vez que han pasado cuatrocientos años de los hechos de ficción narrados, podría parecer que los moriscos han sido borrados de la historia. Los hijos de los moriscos y de los esclavos mezclaron su sangre con la de los cristianos viejos, diluyéndose. Algo de su cultura, la lengua, la cerámica, los bordados, la música o la cocina ha quedado debajo sustentando el edificio de la nuestra.

Que no se produzca el olvido de los hombres que fueron esclavos es lo que pretende esta historia de la vida cotidiana de los mismos. Remarcar la ausencia de sentimientos de la mayoría de los amos para considerarlos humanos, pero fueron otros tiempos. En ocasiones las conductas arbitrarias e injustas del amo sobre el esclavo, sin ningún motivo que las justificase, se plasmaron en malos tratos y vejaciones. En otras, los amos se sintieron responsables de sus esclavos y los trataron familiarmente concediéndoles la libertad en sus testamentos.

NOTAS HISTÓRICAS

LA REBELIÓN DE LAS ALPUJARRAS

El 2 de enero de 1492 Boabdil, el nazarí, firmó unas capitulaciones con los reyes Ysabel y Fernando. Entregó las llaves de la ciudad de Granada y todos los pueblos hasta la costa mediterránea. En estas capitulaciones se perdonaba a todos los musulmanes que se habían resistido, se respetaban las propiedades, la lengua y la religión.

En 1502 se obligó a los mudéjares —los musulmanes que vivían en tierras cristianas y se les permitía conservar la religión y la cultura— a convertirse al cristianismo. Estos pasaron a denominarse moriscos, cristiano nuevo de moro.

Fray Hernando de Talavera, que había firmado en noveno lugar las capitulaciones, sabía que la convivencia entre las dos religiones iba a ser difícil y defendió la conversión al cristianismo por métodos pacíficos. Así procedió Talavera hasta el año 1499. En ese año el cardenal Cisneros, con el consentimiento de los Reyes Católicos, cogió las riendas para que la conversión fuese más rápida.

Las mezquitas se convirtieron en iglesias, los bautizos en la nueva fe fueron masivos, con total desconocimiento de la doctrina por parte de los bautizados. El 18 de diciembre del mismo año de 1499, se sublevaron los moriscos del barrio del Albaicín y pudo remitirse gracias a la intervención de Talavera.

En la Navidad de 1568 se inició la segunda rebelión en las Alpujarras. El motivo era la constatación de que no se cumplía nada de lo firmado. Perdieron sus tierras por no tener contratos, no se respetaba su cultura.

Por otro lado, la Corona tenía miedo a las agresiones de los turcos que amenazaban a la península y pensaban que los moriscos iban a representar una quinta columna, un sector que sería leal al enemigo turco por motivos religiosos pues los dos grupos eran musulmanes.

Los moriscos asesinaron a algunos cristianos viejos, sobre todo eclesiásticos, y profanaron las iglesias.

El resultado de la lucha entre los soldados de la Corona y los moriscos fue la esclavización de estos últimos. Se calcula que pudieron ser entre 25 000 y 30 000 personas, sobre todo mujeres y niños, que fueron inmediatamente vendidos en los mercados de esclavos.

La legislación de la época prohibía que los cristianos fuesen vendidos, los moriscos eran cristianos, pero Felipe II, después de consultar a los teólogos, decretó que los moriscos podían ser esclavizados porque habían cometido un delito de «lesa majestad divina y humana», se habían sublevado contra la Corona y contra Dios porque habían apostatado de la fe. Se estableció que a los niños menores de diez años y las niñas menores de nueve y medio no se les consideraría esclavos, estos pasarían a ser educados por cristianos viejos en la fe y la cultura castellana hasta cumplir los veinte años, edad en la que serían libres.

PERMANENCIA DE MORISCOS EN ESPAÑA DESPUÉS DE SU EXPULSIÓN

Existe la idea de que todos los moriscos fueron expulsados y la creencia de que los moriscos de paz, conversos sinceros que pudieron eludir el mandato fueron casos excepcionales.

Muchos moriscos siguieron en su patria porque escaparon al control burocrático y otros porque estaban totalmente asimilados al resto de la sociedad. Algunos obtuvieron licencias bajo la protección de alcaldes que expusieron al rey que su expulsión haría peligrar la economía del lugar.

Los moriscos del Campo de Calatrava y de una de sus cinco villas, Villarrubia de los Ojos del Guadiana, (entonces de los Ajos) fueron expulsados y vendidos sus bienes, pero los moriscos volvieron y tuvieron que reconocerles «descendientes de los moros nobles que de su voluntad se convirtieron a la santa fe católica en las Cinco Villas del Campo de Calatrava»[22].

Se estudia la posibilidad de que, en el pueblo de Hornachos, Badajoz, entre 1.000 y 1.200 moriscos eludieran el exilio[23].

LA TUTARRA

Gabriel Azedo de la Berrueza publicaba en 1667 «Amenidades, florestas y recreos de la provincia de la Vera Alta y Baja, en la Extremadura». En él figura la historia de la Serrana de la Vera, natural de Garganta la Olla, (Cáceres). Vive en una cueva en la sierra de Tormantos y, entre mito e historia, quizá seducida y abandonada jura vengarse de todos los hombres:

y guárdense de mí todos
quantos onbres tiene el suelo
si a mi enemigo no alcanzo,
que hasta matarlo no pienso
dexar honbre con la vida…

[22]Dadson, T. Un Ricote verdadero: el licenciado Alonso Herrador de Villarrubia de los Ojos de Guadiana - morisco que vuelve.
[23]Mira Caballos, E.: *XXXVIII Coloquios Históricos de Extremadura.* Unos se quedaron y otros volvieron: moriscos en la Extremadura del siglo XVII.

SANTA HERMANDAD

Organización creada por los Reyes Católicos en las Cortes de Madrigal de 1476. Organismo en el que se fundieron todas las hermandades que se habían creado antes.

Hasta ese momento las hermandades eran iniciativas de los pueblos para la defensa de sus intereses en el campo. En el siglo XI, Alfonso VI autorizó la creación de la Hermandad de los Montes de Toledo para defender los caminos de los ladrones y golfines, ladrones en cuadrilla. La Real Hermandad Vieja nació de la unión de las hermandades de Toledo, Talavera y Ciudad Real.

El cuerpo de Miñones de Álava nació oficialmente en 1793 —hoy una sección de la Ertzaintza—, pero su origen se podría remontar al siglo XIII cuando se formaron las asociaciones de vecinos y gremios contra el crimen. Álava, entre Navarra y Castilla, era llamada la muga —frontera— de los malhechores, motivo por el que nació la hermandad.

La Santa Hermandad desapareció en 1834. Fue una de las estructuras de mayor duración hasta el momento en que fueron suspendidas sus funciones. El 28 de marzo de 1844, diez años después, nació un cuerpo destinado a acabar con la inseguridad en el campo: la Guardia Civil.

REAL DE A OCHO

Peso de ocho, peso fuerte o peso duro, fue una moneda de plata con un valor de una onza (27,4 gramos) acuñada por los Reyes Católicos. Se extendió por toda Europa, América y el Oriente y era conocida como el dólar español. Fue la primera moneda de curso legal en Estados Unidos hasta 1857.

PRECIO DE LAS COSAS

Don Luis Astrana Marín en su novelesca *Vida ejemplar y heroica de Miguel de Cervantes,* con mil documentos inéditos y numerosas ilustraciones (1948-1958, en siete volúmenes), dedica un apartado al «precio de los principales artículos de primera necesidad en tiempo de Cervantes»: un real costaba una docena de huevos, una gallina dos reales, una azumbre de vino —dos litros— ⅓ de real.

LETRAS DE CAMBIO

La letra de cambio fue un instrumento mercantil que utilizaban los mercaderes para la compra y venta de los productos sin necesidad de portar dinero en efectivo. También sirvió para financiar préstamos. Los banqueros o financieros, que eran los que las extendían, además de estar establecidos en sus lugares, acudían a las ferias en donde eran más necesarios para las operaciones comerciales. En la Castilla del siglo XVI, serán las Ferias Generales de Medina del Campo en donde se establecerá definitivamente su funcionamiento.

EXCOMUNIÓN DEL CORREGIDOR

El papa Pío V prohibió las fiestas de toros y en 1593 se aplica en Coria el mandato que recoge fray Manuel Rodríguez: «Prohibido es en los días de fiesta correr los toros por las calles de la ciudad cerradas de tal manera que no pueda huir. Verdad es que pueden correr los dichos días llevando los pies atados con cuerdas fuertes o estando las puertas de la ciudad abiertas para que puedan huir». El 24 de junio de 1606 se quebranta esa orden y son excomulgados el corregidor y los regidores de Coria. Llevado el caso ante la Real Audiencia de Valladolid, consiguen su absolución, y la declaración de que «en esta ciudad había costumbre inmemorial de correr los toros por las calles, con las puertas cerradas, en los días de San Juan Bautista, Santiago Apóstol y Santa Ana y Visitación de Nuestra Señora, con conocimiento y aprobación de los Prelados, canónigos y clérigos, participando estos activamente en las fiestas».

LA POSADA DEL LUCERO

Edificio declarado Monumento Histórico Artístico de carácter nacional y Bien de Interés Cultural. Posada sevillana desde el siglo XVI, que todavía existe en el centro de la ciudad como hotel. En la posada se alojó santa Teresa y gente de la realeza. Conserva la viguería de madera de nogal y los herrajes que definen al edificio como procedente del siglo de su construcción.

Entre las parroquias de San Pedro Apóstol y la de Santa Catalina. Cerca de la calle Sierpes y la Casa natal de Velázquez.

PERSONAJES HISTÓRICOS

HERNANDO DE TALAVERA

Nació en Talavera de la Reina (Toledo), c. 1430, y murió en Granada, el 14 de mayo de 1507.

Fraile jerónimo, catedrático, obispo de Ávila (1485), primer arzobispo de Granada (1492) después de la Reconquista. Confesor y consejero de Ysabel la Católica.

A partir de la toma de Granada hasta su muerte, rigió el destino espiritual del Reino de Granada.

Uno de sus abuelos maternos había sido judío y, en sus últimos años, sufrió una gran prueba: la Inquisición promovió contra él y sus familiares un proceso por delito de herejía. Se les acusaba de judaizar. Como consecuencia, su hermana, su sobrino Francisco Herrera, que era deán de Granada, y otras dos sobrinas fueron llevados a la cárcel de Córdoba. Al final, Talavera y los suyos fueron absueltos.

Esta prueba hizo crecer ante sus contemporáneos la fama de santidad que ya le precedía antes de ese hecho. A su muerte, el pueblo de Granada acudió de forma masiva a sus exequias. Una losa blanca recuerda al prelado en el claustro de los naranjos del monasterio de San Jerónimo el Real de la ciudad de Granada.

CARDENAL CISNEROS

Francisco Jiménez de Cisneros, nació en Torrelaguna (Madrid) en 1436, y falleció en Roa en 1517 cuando iba al encuentro con Carlos I de España.

Franciscano, cardenal, arzobispo de Toledo, primado de España e Inquisidor general de Castilla.

Gobernador de Castilla dos veces, una por incapacidad de la reina Juana, hija de los Reyes Católicos, hasta la llegada de Fernando el Católico, que se encontraba fuera, y, tras la muerte de este, hasta la llegada del nieto

Carlos I. Fue un hombre de Estado que fundó la Universidad de Alcalá de Henares. Editó la Biblia políglota complutense en hebreo, arameo, griego y latín. Intervino en la conquista de Orán.

Estuvo en Granada desde octubre de 1499 hasta marzo de 1500 y, a pesar de tan poco tiempo, ha pasado a la historia por su actuación en el bautismo de los moriscos que precisaba debía de ser más rápido.

En Granada, Cisneros colaboró con Hernando de Talavera, arzobispo de la nueva diócesis desde 1492 y obviamente principal responsable de la campaña de evangelización de los moriscos. Pero los prelados no veían la empresa de la misma manera. Mientras el jerónimo Talavera, siguiendo la enseñanza del dominico Tomás de Aquino (1225-1274) quería obtener de los neófitos un acto voluntario y sincero resultado de un acercamiento carente de violencia y requiriendo tiempo a través de una instrucción profunda, Cisneros pretendía un bautismo rápido marcado por presiones. Según el historiador Joseph Pérez, el arzobispo de Toledo quemó entre 4000 y 5000 libros en lengua árabe en la plaza de Bib Rambla.

La España del cardenal Jiménez, influida por el impulso religioso de fines del siglo XV, vive un espíritu de cruzada que justifica el innegable espíritu cristianizador en la conquista de Granada y más tarde la expansión hacia el norte de África.

Si bien eran dos posturas diferentes, no hay que juzgar los hechos con la moralidad de hoy en día.

ABÉN HUMEYA o FERNANDO DE CÓRDOBA Y VÁLOR

Morisco, regidor de Granada. En la Navidad de 1568 se trasladó a Béznar siendo coronado como rey por sus parientes los valoríes. Llevó la sublevación a la provincia de Almería. Trató de negociar con las fuerzas de la Corona, pero los moriscos más intransigentes se opusieron. Después de varias estrategias sin éxito, volvió a las Alpujarras y murió asesinado por el sector más crítico de los moriscos, entre ellos su primo Abén Aboó.

ABÉN ABOO o DIEGO LÓPEZ

Morisco natural de las Alpujarras que participó activamente de la rebelión de 1568 a 1571. Primo de Abén Humeya, al que asesinó por disensiones entre los moriscos. Tomó el nombre de Muley Abdalá Abén Aboo, rey de los andaluces. En su bandera colocó la siguiente frase: «No pude desear más ni contentarme con menos».

Extendió la guerra hasta la serranía de Ronda, pero el 13 de marzo de 1571, refugiado con cuatrocientos hombres en una cueva entre Bérchules y Mecina Bombarón, fue asesinado por los suyos.

Su cuerpo fue descuartizado, la cabeza encerrada en una jaula y sus restos expuestos en la puerta del rastro de Granada.

CIRUJANO FRANCISCO VÁZQUEZ

Bachiller, hijo de maese Hernando, cirujanos los dos. Debió de estudiar en Alcalá de Henares y ejerció en Guadalupe. Perteneció a una familia de judeoconversos del siglo XVI relacionada con el mundo sanitario. Instalados en Fregenal de la Sierra, población de gran actividad económica basada en el sector ganadero y en el comercio del cuero, en los años sesenta de dicho siglo era una de las ciudades más grandes de la zona y en ella se podían encontrar médicos, físicos, cirujanos, boticarios y parteras.

JUAN VÁZQUEZ

Como fecha de referencia en 1566 bautiza a un hijo. Pudiera ser hijo de Juan Vázquez Caballero y sobrino de Francisco Vázquez —reseña anterior—.

SIMÓN RUIZ ENVITO

Nace en Belorado, (Burgos) en 1525 y fallece en Medina del Campo (Valladolid) en 1597.

Se establece en Medina del Campo como mercader de paños, comerciando al por mayor con géneros de importación. Las grandes ferias de Medina le permiten entrar en contacto con agentes de importantes empresas procedentes de los grandes centros económicos de Europa. Sus primeros negocios se basan en el comercio de lienzos de Nantes y mercancías de Bretaña y Aragón en las ferias más importantes de Castilla. Gracias a su éxito en el comercio se convierte en un hombre de considerable fortuna, lo que le permitirá iniciarse como financiero. Mantiene negocios relacionados con las empresas de Felipe II.

Sin descendencia, se entrega a las labores de mecenazgo construyendo un hospital en Medina del Campo. Las obras se inician en 1592 y finalizan en 1619. Creó una institución dedicada a las personas discapacitadas que hoy sigue vigente. Su legado histórico conforma el Museo de las Ferias de Medina.

DIEGO TELLO DE DEZA

Nació en Sevilla en junio de 1523 y murió en la misma ciudad en septiembre de 1579. Obispo de Coria entre 1566 y 1577. También obispo de Canarias y Jaén.

Eclesiástico español que estudió en la Universidad de Salamanca. Fue oidor de la Chancillería de Granada y auditor de la Rota Romana.

DON PEDRO GARCÍA DE GALARZA

Obispo de Coria desde 1578 hasta su muerte en 1604. Nació en Bonilla de Huete, Cuenca en 1538 y falleció en Coria en 1604. Humanista y seguidor de las normas del Concilio de Trento fundó varios conventos y el Seminario de Cáceres. Fue amigo personal y consejero del rey Felipe II, a quien asesoró y ayudó en misiones diplomáticas, sobre todo en la aspiración del Rey de incorporar Portugal a la Corona Española.

Quiso ser enterrado en la catedral de Coria, en donde reposan sus restos en un sepulcro de mármol con una estatua del obispo en actitud orante.

PEDRO CARVAJAL Y GIRÓN

Vino al mundo en Plasencia en el siglo XVI, fue bautizado en esa ciudad en la iglesia de San Nicolás, situada frente al palacio de Mirabel y cerca del convento de San Vicente Ferrer —hoy parador nacional—. Está enterrado en la misma iglesia.

Tomó posesión del obispado de Coria el 10 de abril de 1604 hasta el 1621, fecha de su muerte. Se celebraron durante su obispado las constituciones sinodales, que dejó escritas.

Los sínodos son asambleas de sacerdotes y fieles escogidos que ayudan al obispo de la diócesis para el bien de toda la comunidad diocesana. Deben celebrarse cada diez años, sin embargo, las constituciones sinodales de Pedro Carvajal estuvieron vigentes hasta 1897.

Aunque este personaje existió y ha sido elegido por la autora como uno de los personajes importantes de la novela, lo que en ella se cuenta de él es ficción.

PEDRO GONZÁLEZ DE ACEBEDO

Nació en Torremormojón (Palencia) y murió en Plasencia (Cáceres) en 1609.

Obispo de Orense entre 1587 y 1594. Obispo de Plasencia desde 1594 hasta 1609, fecha de su muerte.

LUIS FERNÁNDEZ DE CÓRDOBA PORTOCARRERO

Nació en Córdoba en febrero de 1555 y murió en Sevilla en 1625. Familia Grande de España. Estudió en la Universidad de Salamanca en la que se graduó en Derecho Civil y Canónico.

Fue nombrado obispo de Salamanca en 1603 y asistió a su consagración como obispo el rey Felipe III. En 1615 fue nombrado obispo de Málaga. En esta ciudad, se preocupa de socorrer a los más pobres, como son los niños expósitos, los encarcelados y crea una casa de recogida de mujeres.

La muerte le sorprende en Sevilla, después de haber testado. En Málaga le dedican unas honras fúnebres suntuosas. Pidió ser enterrado en Guadalcázar bajo los pies de la Virgen de la Caridad: «Por la mucha devoción que sienpre e tenido a la imagen de nuestra señora de la Caridad de la Villa de Guadalcáçar, donde e edificado vn convento de frayles carmelitas descalços, quiero y es mi voluntad que mi cuerpo sea sepultado en la yglesia…»

LORENZO DE OTADUY Y AVENDAÑO

Nació en Oñate (Guipúzcoa) c. 1543 y falleció en Ávila en 1611. Enterrado en la Capilla Mayor de la Catedral.

En 1576 ingresó en el Colegio Mayor de San Ildefonso en la Universidad de Alcalá de Henares. Fue catedrático de Artes, profesor de Física, Metafísica y Teología. Canónigo de la colegiata de los santos Justo y Pastor en la misma ciudad de Alcalá. Canónigo en la catedral de Cuenca.

Felipe II lo presentó al papa para que fuese elegido obispo de Lugo, allí fundó el seminario. Felipe III lo presentó para obispo de Ávila y fue nombrado en 1599. En Ávila y otros lugares, como Arévalo, mejoró la asistencia a los enfermos en los hospitales sirviéndose de órdenes y congregaciones religiosas. Propició obras en la catedral y en la basílica de San Vicente para su mejora. Entregó la iglesia de San Segundo de Adaja, junto con casas y quinientos ducados, a los frailes carmelitas descalzos para fundar un convento en honor a Teresa de Jesús.

Es posible que, una vez nombrado obispo de Ávila, su salud hubiera comenzado a resentirse, siendo esta la constante presente en su pontificado abulense: «la enfermedad con que Nuestro Señor ha sido servido regalarme...».

Tuvo intención de fundar un colegio regentado por los jesuitas en Oñate, junto a la Universidad Sancti Spiritus, pero falleció antes de ver cumplido su deseo.

MANUEL RODRÍGUEZ, EL LUSITANO

Nació en Portugal en 1546 y murió en 1613.

Franciscano. Estudió Derecho Civil y Canónico en la Universidad de Salamanca. Escribió la obra Suma de casos de conciencia interesándose sobre los problemas de la economía y un comercio justo, la economía y el comercio visto desde un punto de vista de teología moral. Promovió esta actividad justa y sin usura en las transacciones por las artimañas comerciales que se utilizaban en la época.

Manuel Rodríguez, conocedor del mandato del papa Pío V en relación con la fiesta de correr toros, intervino con su interpretación para que se prohibiesen —véase lo expuesto sobre la excomunión del corregidor—.

BIBLIOGRAFÍA

Elliott, J.H. *La España Imperial (1469-1716)*. Barcelona: Editorial Vicens-Vives, 1965.

Lynch, John. *España bajo los Austrias I. Imperio y absolutismo (1516-1598)*. Barcelona: Ediciones Península, 1970.

Ramírez Simón, Galo. *(1906-1993). Mi libro de Poesías.* Poema «Zoraida». Bilbao: Editor José Luis Ramírez Ortiz, 2018

Periáñez Gómez, Rocío. *La esclavitud en Extremadura (siglos XVI-XVIII)*. Tesis doctoral. Directoras: Dra. Rocío Sánchez Rubio y Dra. Isabel Testón Núñez. Universidad de Extremadura. 2008

Martín Casares, Aurelia. Esclavitud y mentalidad: la población esclava de Granada a lo largo del siglo XVI. Chronica Nova, 25, 1998, 337-348

Pérez García, Rafael M. "La población del reino de Sevilla en 1571 y las consecuencias demográficas de la guerra de Granada". *Revista Histórica y Literaria.* Universidad de Sevilla. Archivo Hispalense, números 279-281. 2009
https://www.academia.edu/8566225/La_poblaci%C3%B3n_del_Reino_de_Sevilla_en_1571_y_las_consecuencias_demogr%C3%A1ficas_de_la_guerra_de_Granada?email_work_card=title

Aspe, Virginia y Scalzo, Germán. "Sobre contratos y usura en Manuel Rodríguez, el lusitano". *CAURIENSIA,* Vol. XI (2016) 83-112, ISSN: 1886-4945 Universidad Panamericana, Campus México.
file:///C:/Users/Usuario/Downloads/153-534-1-PB.pdf

DIOCESIS DE CÓRIA - EPISCOPOLOGIO
http://www.diocesiscoriacaceres.es/Diocesis/Episcopologio.pdf

DIÓCESIS DE PALENCIA - EPISCOPOLOGIO
https://diocesisplasencia.org/diocesis/

Antonio Rueda de Andrés y Carlos Viscasillas Vázquez. Real Academia de la Historia Lorenzo Asensio de Otaduy y Avendaño
https://dbe.rah.es/biografias/85783/lorenzo-asensio-de-otaduy-y-avendano

Tapia Sánchez, Serafín de. "Arrieros, mercaderes, mesoneros... la movilidad de los moriscos de Castilla la Vieja". *Colección de estudios árabes e islámicos.* Monografía, 2. CSIC. 129-166

Pérez García, Rafael M. *La población del reino de Sevilla en 1571 y las consecuencias demográficas de la guerra de Granada.* Archivo hispalense. 2009

De Tapia, Serafín. "Las redes comerciales de los moriscos de Castilla la Vieja: un vehículo para sus «complicidades»". *Studia Histórica.* Historia Moderna. 1993

Herrera Pérez, Sarai. "El eclesiástico Luis Fernández de Córdoba y Portocarrero: aproximación a su patronazgo". Universidad de Jaén.
http://institucional.us.es/revistas/arte/23/articulo_7.pdf

Domínguez Moreno, José María. "El mito de la serrana de la Vera".
http://www.cervantesvirtual.com/obra-visor/el-mito-de-la-serrana-de-la-vera/html/

Molano, Santiago. El mantel.
https://santiagomolano.files.wordpress.com/2013/04/mantel-de-la-sagrada-cena-en-alconc3a9tar.pdf

Pedrosa, José Manuel. "Mitos y cuentos africanos. El pájaro que entró por la boca y salió por el culo de un hombre". *Quaderns* 28, 2012, 127-152

Fundación Simón Ruiz. Archivo Museo de las Ferias. Medina del Campo. https://www.museoferias.net/archivo-simon-ruiz/

Adolfo Pérez, arquitecto.
https://www.adolfoperez.es/spa/posada-del-lucero
https://www.metalocus.es/es/noticias/conservar-el-pasado-hotel-posada-del-lucero-por-adolfo-perez-arquitectura.

Índice

www.ingramcontent.com/pod-product-compliance
Ingram Content Group UK Ltd.
Pitfield, Milton Keynes, MK11 3LW, UK
UKHW040247300826
14791UKWH00001B/360

9 788412 445442